Die Übersetzerin dankt dem Deutschen Übersetzerfonds
für die Förderung ihrer Arbeit an diesem Buch.

Wir bedanken uns sehr herzlich bei dem Swedish Arts Council
für die Übersetzungsförderung dieses Buches.

Deutsche Erstausgabe

I. Auflage 2023
© der deutschsprachigen Ausgabe: Atrium Verlag AG,
Imprint WooW Books, Zürich 2023
Alle Rechte vorbehalten
Text © Helena Hedlund und Natur & Kultur, Stockholm 2019
Cover und Illustrationen © Katarina Strömgård und
Natur & Kultur, Stockholm 2019
Aus dem Schwedischen übersetzt von Katrin Frey
Lektorat: Barbara Schlichtmann
Die Originalausgabe erschien 2019 unter dem
Titel *Att vara Kerstin* bei Natur & Kultur, Stockholm
German edition published in agreement with Koja Agency, Stockholm
Alle Rechte vorbehalten
Druck und Bindung: GGP Media GmbH, Pößneck
Satz: Dörlemann Satz, Lemförde
ISBN: 978-3-96177-118-9

www.woow-books.de

 Folgt uns auf Instagram
unter @woowbooks_verlag

Helena Hedlund

Einfach KERSTIN

Mit Illustrationen von
Katarina Strömgård

Aus dem Schwedischen von
Katrin Frey

HAHNENKAMM

K omm mal, Kerstin, schnell!«
Papa steht im Garten und schaut nach oben. Kerstin
rennt zu ihm.

»Was ist?«

»Guck dir mal das Loch da an!«

»Wo?«

»In der Pappel!«

In dem Moment, als Kerstin das Loch entdeckt, schiebt sich
ein Schnabel aus ihm heraus. Gleich dahinter ein Glotzauge.

»Ein Grünspecht!«, sagt Papa stolz. »Wir haben einen Grünspecht.«

»Aha«, sagt Kerstin und seufzt. »Ist das alles?«

Auf ihrer Hose krabbelt eine Ameise, Kerstin fegt sie herunter.

»Wieso alles?«, antwortet Papa verwundert. »Ein Grün-

specht ist was Besonderes.
Guck mal, da ist noch einer!«
Von einem Ast ganz oben in der
Birke wirft sich ein großer grüner Vo-
gel in die Luft, segelt wie ein Papierflieger
übers Garagendach und landet direkt vor dem
Loch in der Pappel.

»Schau, jetzt schnäbeln sie!«

Lachend setzt sich Papa auf einen Stein und nimmt
Kerstin auf den Schoß.

»Sie bauen sich in unserem Garten ein Nest, um darin
Eier zu legen.« Papa zwirbelt eine Strähne von Kerstins Haar.
»Wenn wir dir heute die Haare abschneiden würden, könnten
die Vögel ihre Küken auf goldenes Haar betten.«

»Nie im Leben«, zischt Kerstin und reißt ihm die Strähne
aus der Hand. Haareschneiden mag sie schließlich überhaupt
nicht. Papa umarmt sie ganz fest und reibt seinen kratzigen
Bart an ihrer Wange. Kerstin lässt sich nicht anmerken, dass es
ihr wehtut.

»Weißt du was?«, sagt Papa. »Wenn die Jungen geschlüpft sind, werden sie von Mama Grünspecht und Papa Grünspecht abwechselnd gefüttert. Die Eltern teilen sich die Arbeit wie in einer richtigen Familie.«

»Wie die Menschen?«

»Ja, genau. Und wenn die Jungen groß genug sind, um allein zurechtzukommen, löst sich die Vogelfamilie auf.«

»Trennen die Eltern sich dann?«

»Ja«, sagt Papa, »so könnte man das sagen.«

Kerstin steht auf und tritt dabei auf einen morschen Ast.

»Schau, jetzt fliegen sie weg!«

Mama und Papa Grünspecht fliegen zu den Tannen hinüber und verschwinden im Wald. Kerstin sieht ihnen hinterher. Sie schweigt eine Weile und verknotet die langen Bänder an ihrer Kapuze, so fest sie kann.

»Woran denkst du?«, fragt Papa.

Kerstin antwortet nicht. Sie kann nicht, weil sie die Bänder zwischen den Zähnen hat. Sie muss draufbeißen, um die Knoten wieder aufzubekommen, und da sie das ständig macht, riechen die Schnüre schon ganz komisch säuerlich. Wie ein alter Küchenschwamm.

»Wann kommt Mama nach Hause?«

»Morgen holen wir sie vom Bahnhof ab, das weißt du doch.«

Mama war eine Woche weg. Auf Mallorca.

Kerstin mag Mallorca nicht. Ihr wird übel, wenn sie das Wort sagt, ihre Zunge fühlt sich dann ganz dick und eklig an. Mama macht dort Urlaub, mit ihrer Schwester, die alle Keks nennen. Sie liegen in der Sonne, baden und gucken sich Apfelsinen an, weil sie beide eine Midlife-Krise haben. Da wollen die Erwachsenen am liebsten wieder jung sein und brauchen anscheinend Abwechslung. Es ist so ungewohnt zu Hause ohne Mama. Nichts ist wie immer, nichts macht Spaß. Die Zimmer sind öde und verlassen. Zu zweit am Küchentisch sitzen ist ungemütlich. Auf Mamas Platz befindet sich nur Luft, man kann die braune Rückenlehne sehen. Niemand macht die schöne gelbe Lampe am Fenster an, niemand schaltet das Radio ein.

Papa ist viel schweigsamer, wenn er sich nicht mit Mama unterhalten kann. Ja, alles ist irgendwie still und unlustig. Ohne Mama ist das Haus wie ein großes Loch.

»Vermisst du sie?«, fragt Papa.

Kerstin nickt. In dem Moment macht es in Papas Hosentasche *Ping*. Er zuckt zusammen und zieht sein Handy heraus.

»Das war Mama!«, ruft er und liest laut vor:

Hallo, meine beiden Lieblinge, ich vermisse euch! Heute war ich beim Friseur und habe mir einen Hahnenkamm schneiden lassen! Hihi! Ihr werdet mich nicht wiedererkennen ;-) Dickes Küsschen und bis bald.

»Einen Hahnenkamm?«, sagt Papa verwundert. »Sie hat sich einen Hahnenkamm schneiden lassen?«

»Was ist ein Hahnenkamm?«, fragt Kerstin.

»Tja … das ist eine Frisur, mit der man ein bisschen aussieht wie ein Hahn«, erklärt Papa. »Du weißt doch, was ein Hahnenkamm ist. Die Haare stehen nach oben.«

Die Haare stehen nach oben? Kerstin läuft ein Schauer über den Rücken. Sieht Mama jetzt aus wie ein Hahn?

»Erkennen wir sie wirklich nicht wieder?«, fragt sie leise.

»Doch.« Papa lacht. »Natürlich erkennen wir sie.«

»Aber sie hat doch geschrieben ...« Kerstin flüstert. Die Tränen brennen schon in ihrer Nase.

»Das war nur ein Witz«, sagt Papa.

Kerstin steht auf und starrt ihn an.

»Das war kein Witz!«, schreit sie. »Über so was macht man keine Witze!«

COMICLÖWE

Langsam fährt der Zug in den Bahnhof ein. Die Türen öffnen sich, und Tausende von Menschen strömen heraus. Kerstin steht im Gedränge und hält Ausschau nach Mama. Wo ist sie? Das Komische ist, dass alle Menschen aussehen wie Mama. Sie tragen die gleiche Jacke, beige mit Kapuze, und einen roten Schal um den Hals. Genau wie Mama. Aber Mama ist nicht dabei. Kerstin merkt, dass sie vergessen hat, wie Mama aussieht. Wie konnte sie das nur so schnell vergessen? Jeder dieser Menschen könnte Mama sein, alle laufen kreuz und quer auf dem Bahnsteig durcheinander, und ihren Papa sieht sie auch nicht mehr. Hilfe, was soll sie jetzt machen? Da entdeckt sie am Ende des Bahnsteigs einen Hahn. Der Hahn kommt auf sie zu, und Kerstin weiß, dass dieser Hahn ihre Mama ist. Der Hahn kommt immer näher, breitet die Flügel aus, grinst mit dem Schnabel und will sie umarmen.

»Nein!«, schreit Kerstin, so laut sie kann. »NEEEIN!«

»Wach auf, Kerstin«, sagt Papa. »Wach auf!«

Kerstin setzt sich hin. Es ist schon hell, und sie weint. Sie kann gar nicht aufhören zu weinen.

»Was hast du geträumt?«, fragt Papa besorgt.

Kerstin schüttelt den Kopf.

»Kann ich nicht sagen.«

»Doch.« Papa streicht ihr über den Kopf. »Wenn man es erzählt, geht es einem besser, das weißt du doch.«

»Nein.« Kerstin verkriecht sich unter der Decke. »Nicht, wenn es so schrecklich ist«, flüstert sie.

Papa seufzt. Er bleibt noch eine Weile auf der Bettkante sitzen, dann geht er nach unten und macht Frühstück. Kerstin bleibt liegen. Der Traum fühlt sich noch so furchtbar echt an. Sie spürt sogar die Flügelfedern des Hahns an ihrer Wange.

Heute ist Montag. Heute Abend holen sie Mama vom Bahnhof ab. Kerstin läuft ein Schauer über den Rücken. Sie will Mama nicht abholen. Nie wieder! Wenn Mama wie ein Hahn aussieht, braucht sie gar nicht wiederzukommen und kann gleich auf Mallorca bleiben. Dann ist sie sowieso nicht mehr ihre richtige Mama. Von diesem furchtbaren Gedanken bekommt Kerstin dröhnende Kopfschmerzen. Noch nie hat sie etwas so Schreckliches gedacht.

»Kerstin«, ruft Papa von unten. »Komm jetzt frühstücken!«

Kerstin steht auf, zieht sich an und schlurft die Treppe runter. Sie setzt sich auf ihren Platz. In der Küche ist es kalt. Das Licht ist hässlich und grau, weil die gelbe Lampe auf der Fensterbank nicht an ist. Der Platz ihr gegenüber ist leer. Mamas Platz. Wird sie nie wieder dort sitzen? Vielleicht hat sie einen Unfall. Vielleicht stürzt das Flugzeug ab, und sie stirbt, weil Kerstin so böse Gedanken gedacht hat. Kerstin kauert sich zusammen und zieht den Pullover über die Knie. Sie starrt Mamas Stuhl an. Wie kann etwas so leer sein?

Da springt Kattegatt plötzlich auf Mamas Stuhl. Kattegatt, das ist Kerstins Kater. Eigentlich gehört er der ganzen Familie, aber Kerstin am meisten, weil er in ihrem Bett schläft. Kerstin liebt Kattegatt, er ist schwarz wie Lakritz und weich wie Schokoladeneis und das Kuscheligste auf der ganzen Welt. Aber wenn er auf Mamas Platz sitzt, sieht er so seltsam aus. Warum tut er das? Vorsichtig legt Kattegatt eine Tatze auf den Küchentisch und streckt die Zunge nach der Butter aus.

»Pfui! Runter mit dir, du alter Unglückskater«, zischt Papa und setzt Kattegatt auf den Boden.

»Warum hast du das gesagt?« Kerstin starrt Papa an.

»Katzen haben auf dem Tisch nichts zu suchen«, seufzt Papa müde und setzt sich wieder hin.

»Aber warum hast du Unglückskater gesagt?«

Papa trinkt einen Schluck Kaffee und macht ein gewitztes Gesicht.

»Weißt du denn nicht, dass schwarze Katzen Unglück bedeuten?«

Kerstin schüttelt den Kopf.

»Wenn eine schwarze Katze die Straße überquert, muss man dreimal über die eigene Schulter spucken. *Pft, pft, pft,* sonst geschieht ein Unglück. An so was haben die Leute früher geglaubt. Aberglauben nennt man das.«

Kerstin sitzt stumm da, das Brot bleibt ihr im Hals stecken. Aberglauben mag sie gar nicht! Sie kann nicht schlucken. Wenn eine schwarze Katze, die eine Straße überquert, Unglück bedeutet, was hat es dann zu bedeuten, wenn sich eine schwarze Katze auf den Stuhl einer verschwundenen Mama setzt?

Der Schnee, der überall lag, ist weggeschmolzen, nur nicht beim Steinwall. Die Schotterstraße ist weich und matschig, und auf dem Weg zur Schule bekommt Kerstin trotz ihrer Winterstiefel nasse Füße. Sobald Papa sie vom Fenster aus nicht mehr sehen kann, versucht sie, über die eigene Schulter zu spucken. *Pft, pft, pft.* Ein bisschen Spucke landet auf der Jacke, die wischt sie weg. War das dreimal? Was, wenn dreimal bei Katzen auf Stühlen nicht reicht? Wahrscheinlich muss man öfter spucken. *Pft, pft, pft. Pft, pft, pft,* sie kann gar nicht mehr aufhören. Ungefähr fünfundvierzigmal spuckt sie. Über beide Schultern. Zur Sicherheit.

»Hallo! Was machst du?«

Das war Gunnar. Er steht wie jeden Morgen am Gartentor der Neuen Hofstelle und wartet auf sie.

»Ach, ich habe nur ein bisschen gespuckt.« Kerstin wischt sich das Kinn ab.

Gemeinsam gehen sie zur Schule. Die Sonne blendet richtig, und im Straßengraben wächst Huflattich. Die Blumen bilden schöne gelbe Punkte in all dem Braun. Kerstin und Gunnar gehen im Gleichschritt, rechts, links, rechts, links, das machen sie immer so lange, bis einer von ihnen aus dem Takt kommt, und dann fangen sie wieder von vorne an.

»Weißt du, was ich heute Nacht geträumt habe?«, fragt Gunnar.

»Nein«, sagt Kerstin. »Was denn?«

»Ich saß auf dem Klo«, sagt Gunnar, »und plötzlich ging die Tür ein kleines Stück auf, und ein schwarz-weißes Zeichentrick-Reh, wie aus einem Comic, kam herein. Ganz flach. Und dann ist es in der Dusche verschwunden.«

»Wie unheimlich!«, sagt Kerstin.

»Ich weiß«, sagt Gunnar. »Was hast du geträumt?«

»Nichts, glaube ich.«

Kerstin denkt an den Traum von dem Hahn. Der kommt ihr immer noch so echt vor, dass sie innerlich ein bisschen zittert. Aber davon erzählen kann sie nicht. Es ist einfach nicht möglich.

»Ich träume wahrscheinlich nicht jede Nacht.« Kerstin zuckt mit den Schultern.

»Ich schon«, sagt Gunnar. »Jede Nacht. Immer Albträume!

Gestern habe ich geträumt, dass Herr Schildkröte in unserer Vorratskammer wohnt. Und Oma Berta saß unter der Spüle und wollte mir einen Schnurrbart nähen.«

Kerstin lacht.

»Träumst du immer von Comicfiguren?«, fragt sie.

»Immer!«, sagt Gunnar. »Jede Nacht.«

Er denkt eine Weile nach und fragt dann:

»Was fändest du gruseliger? Wenn dir jetzt ein echter Löwe entgegenkäme oder ein Comiclöwe?«

Kerstin muss wieder lachen.

»Ein echter natürlich!«

Gunnar macht große Augen.

»Was?! Ein Comiclöwe ist viel schlimmer. Wenn man einen echten sieht, rennt man einfach weg, aber bei einem Comiclöwen kann alles passieren. Dann ist nämlich die ganze Welt ein Comic und nicht echt!«

DER KENNETH-CLUB

Im Klassenraum ist Frühling. An der Wand hängen Bilder von Leberblümchen, und auf der Fensterbank steht ein Tablett mit aufgereihten Klorollen. Aus den Klorollen ragen kleine grüne Blätter heraus, die im Sommer zu Sonnenblumen und Erbsen werden sollen.

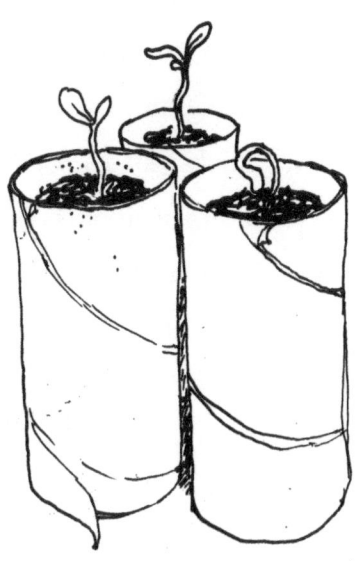

Lotte steht vorne an der Tafel. Von hinten sieht sie ganz normal aus, aber wenn sie sich umdreht, sieht man, dass ihr Bauch größer ist als der Globus im Regal. Bald kommt ihr Baby.

»Das ist jetzt die letzte Woche mit mir«, sagt Lotte. »Am Montag kommt Kenneth, seid nett zu ihm.«

»Jaaa!«, ruft die ganze Klasse im Chor.

Kenneth ist ihr neuer Klassenlehrer. Kerstin weiß, dass männliche Lehrer früher Schulmeister genannt wurden. Das klingt nach einem Mann, der Kindern mit dem Zeigestock auf die Finger haut. Aber Lotte hat ihnen versichert, dass Kenneth so sanftmütig wie ein Lamm ist. Außerdem ist er Vorsitzender des Kenneth-Clubs der Stadt. Der Kenneth-Club ist ein Club für alle, die Kenneth heißen. Sie treffen sich ein paarmal im Jahr, trinken Kaffee, singen Kenneth-Lieder und spenden Geld an arme Kinder. Zum Glück gibt es nicht für jeden Namen einen Club, denkt Kerstin. Sonst müsste sie mit der langsamen Tante, die auch Kerstin heißt und in dem gelben Haus hinter der Kirche wohnt, Kerstin-Lieder singen.

Lotte dreht sich zur Tafel und schreibt groß FAMILIE an.

»Diese Woche behandeln wir das Thema Familie«, sagt sie. »Was bedeutet Familie?«

Hera meldet sich.

»Vater, Mutter, Kind!«

»Hm«, macht Lotte. »Aber gibt es vielleicht auch andere Familien?«

Die Klasse denkt nach.

»Doris hat einen Bonuspapa, weil ihre Mama einen neuen Mann hat«, sagt Gry.

»Gunnar hat gar keinen Papa«, sagt Hera.

»Do-hoch, der wohnt nur in Neuseeland«, sagt Gunnar und sieht Hera böse an.

»Arvid hat sechs Geschwister«, sagt Fadi.

»Und einen Hamster«, fügt Arvid hinzu.

»Meine Mutter hat drei Ziegen«, sagt Iris. »Sie macht damit Käse.«

Lotte lacht.

»Wie ihr hört, gibt es ganz verschiedene Familien. Jede ist einzigartig! Wir machen es so«, fährt sie fort. »Ich fange an und male meine Familie an die Tafel, und dann zeichnet ihr eure auf ein Blatt Papier. Das bin ich ...«

Lotte malt sich ein Grinsen vom einen Ohr bis zum anderen ins Gesicht. Es sieht unecht aus, findet Kerstin.

»... das ist meine Frau Eva-Karin, und das da ist unser Baby ...«

Lotte verziert den Kopf des Babys mit einer Locke.

»Meine Mutter zieht weg«, sagt Fatima plötzlich. »Sie hat in der Pfingstkirche jemanden kennengelernt. Einen Pfingstler also, mit dem sie lieber zusammenleben will.«

In der Klasse wird es still. Alle sehen Fatima an.

»Aber ... oje«, stammelt Lotte. »Das wusste ich ja gar nicht, Fatima.«

»Am Anfang haben sich Mama und Papa gestritten«, erzählt Fatima. »Dann war Mama eine Zeit lang verreist, und als sie wiederkam, hatte sie ihn kennengelernt.«

Es herrscht immer noch Stille. Kerstin starrt auf einen Fleck auf der Tischplatte. Die Ohren tun ihr weh, sie möchte nichts mehr davon hören. Sie will nicht wissen, wie Erwachsene sich trennen.

»Mama wohnt mit dem Pfingstler jetzt in der Stadt«, fährt Fatima fort.

Kerstin stützt die Ellbogen auf den Tisch und legt den Kopf in die Hände. So sieht man nicht, dass sie sich die Ohren zuhält. Wenn sie jetzt noch mit den Zähnen knirscht, versteht sie

kein Wort von dem, was Fatima erzählt. Kerstin schließt die
Augen und konzentriert sich. Es klingt fast so, als würde in
ihrem Kopf eine Katze schnurren. Schnurr, schnurr, schnurr …

»Kerstin, was machst du?«

Lotte legt ihr eine Hand auf die Schulter.

»Nichts!«

»Das sehe ich«, sagt Lotte. »Wir wollten doch unsere Familie malen. Machst du bitte mit?«

Kerstin nickt. Sie wirft Gunnar einen verstohlenen Blick zu. Er drückt so fest mit dem Buntstift auf, dass es knackt. Als Erstes malt er Malena, seine Mutter. Sie hat einen großen Lockenkopf und trägt ein grünes Kleid, das sich herzförmig über das ganze Blatt erstreckt. In das Herz malt Gunnar seinen Vater. Dessen Haare sehen wie Erdnussflips aus, und seine nackten Arme sind voller Fische und Herzen.

»Das sind Tattoos«, sagt Gunnar. »Die hat mein Vater am ganzen Körper.«

»Okay.« Kerstin schaut auf ihr leeres Blatt. Die Familie. Eigentlich nicht schwer, es gibt ja nur sie selbst, ihre Mama und ihren Papa. Und Kattegatt, falls Tiere mitzählen. Kerstin nimmt einen Stift in die Hand und beginnt mit ihrer Mama. Sie malt die Beine in Jeans und Schuhen, den Körper und die Arme in einer beigen Jacke, einen roten Schal und dann den Kopf. Das Gesicht. Mamas Gesicht. Während sie versucht, sich an Mamas Gesicht zu erinnern, fängt ihr Herz so merkwürdig an zu schlagen. Sie denkt an ihren Traum. An den Hahn. Sein

Anblick verdeckt die Erinnerung an ihre Mutter, und jetzt weiß Kerstin gar nicht mehr, wie sie aussieht. Es ist genau wie in dem Traum, sie weiß es wirklich nicht mehr! Das Gesicht, der Mund, die Nase, Kerstin versucht es mit dem Bleistift, fängt immer wieder von Neuem an und radiert alles weg, aber egal, wie viel Mühe sie sich gibt, die Nase wird zu spitz, und die Augen quellen hervor wie bei einem Hahn. Es ist unmöglich, ihre echte Mutter zu malen, und da, wo der Kopf sein müsste, sind jetzt nur noch grau verwischte Radiergummi-Flecken. Sie wird es niemals gut hinbekommen! Tränen steigen ihr in die Augen. Obwohl sie krampfhaft blinzelt, sieht sie alles wie durch einen Schleier, und das Herz hämmert wie eine zornige Maschine in ihrer Brust.

»Wie kommst du voran, Kerstin?«

Lotte beugt sich über ihren Tisch, und Kerstin legt schnell die Hand auf ihre Mutter.

»Gut«, sagt sie.

Lotte bleibt neben ihr stehen. Wie lange will sie denn noch so dastehen? Oh, wie Kerstin es hasst zu malen, wenn jemand ihr zuguckt. Und dann riecht Lotte auch noch auf eklige Weise nach Vanille. Kerstin hat das Gefühl, weitermalen zu müssen, und zeichnet sich selbst. Eigentlich kritzelt sie nur. Ihre Beine sehen aus wie bei einem hässlichen Strichmännchen, und an die Hände malt sie dicke Fausthandschuhe, weil Finger so schwierig sind. Sie wirft einen Blick auf Gunnars Blatt. Er hat seinen eigenen Goldstift dabei und malt sich selbst mit langem Goldhaar. Das sieht toll aus. Das Gold glänzt und schimmert in der Sonne, und Gunnar sieht Kerstin lächelnd an.

»Willst du ihn auch mal benutzen?« Er hält ihr den Stift hin.

»Gerne!«

Ein Strichmännchen mit Fausthandschuhen und meterlangem Goldhaar, es sieht völlig verrückt aus, aber da Lotte immer noch neben ihr steht, muss sie weitermalen. Dann Papa. Der geht kinderleicht. Normale Hose, normale Jacke und ganz normale Mütze. Und ein Gesicht. Und dann noch Kattegatt als kleinen schwarzen Fleck zu seinen Füßen. Lotte nickt zufrieden und geht endlich weiter. Kerstin atmet auf und nimmt vorsichtig die Hand von ihrer Mutter. Sie sieht gruselig aus, so ohne Gesicht. Wie ein Gespenst. Oder wie tot. Kerstin läuft ein Schauer über den Rücken.

Entschlossen schnappt sie sich einen roten Stift und malt quer über das Gesicht ihrer Mutter ein Rechteck. Dahinein schreibt sie: DORF. Einen Pfosten malt sie auch dazu. Nun sieht es so aus, als ob ihre Mutter zufällig hinter dem Ortsschild gestanden hätte, als das Bild gemalt wurde. Ihr Gesicht kann man nicht erkennen. Und das ist auch besser so. Soll sie doch hinter dem Schild bleiben!

WILDSCHWEINE

Malena steht hinter dem Holzschuppen und stampft mit dem Fuß auf. Man sieht schon von Weitem, dass sie wütend ist. Dicke Rasen-Stücke liegen überall herum. Es sieht aus, als hätte jemand die Erde zwischen Straße und Steinwall umgepflügt.

»Guckt euch das mal an!«, ruft sie, als sie Kerstin und Gunnar bemerkt. »Jetzt waren sie hier!«

»Wer denn?«

»Die Wildschweine! Diese verdammten Wildscheine. Sie waren heute Nacht hier. Seht mal, was die alles kaputt gemacht haben!«

Gunnar rennt zu ihr.

»Schau mal!« Er zieht am Hals einer uralten braunen Glasflasche, die aus der Erde ragt.

Kerstin findet eine halbe Schere. Sie ist völlig verrostet.

»Kommen die im Frühling immer hierher?« Malena tritt gegen einen Erdklumpen.

Kerstin nickt. Wildschweine sind so eine schwarze Schweine-Art. Potthässlich und behaart wie alte Trolle. Sie leben tief im Wald. Meistens bemerkt man sie gar nicht, weil sie sich mit all den anderen scheuen Tieren im Unterholz verstecken. Im Frühling jedoch überkommt sie die Lust, ihre Schnauzen in Menschengärten zu bohren. Kerstin hat noch nie Wildschweine gesehen, aber mit fünf hat sie es eines dunklen Abends unter dem Pflaumenbaum grunzen gehört. Und in der Zeitung hat sie schon mal ein Foto von Wildschweinen entdeckt. Die Schnauzen sehen genauso weich aus wie bei niedlichen rosa Schweinen und haben in der Mitte zwei große, verrotzte Löcher. Das Merkwürdige ist, dass sie ausgerechnet diese weichen Schnauzen in den Rasen bohren und tiefe Furchen damit ziehen. Warum machen sie das? Bekommen sie dabei keine Erde in die Nasenlöcher?

Malena seufzt.

»Kann man denn gar nichts dagegen tun? So geht das doch nicht weiter! Die zerstören den ganzen Garten!«

»Mein Papa sprüht Parfüm«, sagt Kerstin.

»Auf die Wildschweine?«

Malena wirkt verdutzt.

»Nein.« Kerstin lacht. »Nicht auf die Schweine. Auf die Bäume rund um den Garten natürlich. Weil sie den Geruch eklig finden, bleiben sie im Wald.«

»Gute Idee!«

Schnellen Schrittes geht Malena in Richtung Badezimmer, dreht sich noch einmal um und ruft:

»Aber eins sage ich euch, wenn die Viecher die Rasenfläche ruinieren, ziehen wir wieder nach Stenungsund! So geht das nicht!«

»Stenungsund?«, fragt Kerstin. »Was ist Stenungsund?«

Sie sitzen in der Küche und essen Bananen, im Ofen brennt ein Feuer.

»Da haben wir früher gewohnt«, sagt Gunnar.

»Wo liegt das?«

»Weit weg. Am Meer.«

»Am Meer?«

Kerstin sieht Gunnar an. Er legt mit einem Faden der Banane ein Muster. Sie hat noch nie darüber nachgedacht, dass er irgendwo herkommt. Dass er woanders lebte, bevor er in die Neue Hofstelle eingezogen ist.

»Wohnt da dein Papa?«, fragt sie vorsichtig.

»Nein.« Gunnar verdreht die Augen. »Der wohnt ja in Neuseeland, das habe ich dir doch gesagt.«

»Okay«, sagt Kerstin. »Was ist weiter weg, Neuseeland oder Stenungsund?«

»Neuseeland ist auf der anderen Seite der Erde«, sagt Gunnar. »Wenn du im Garten ein Loch gräbst, kommst du irgendwann im Meer vor der Küste von Neuseeland wieder raus. Dann musst du nur noch an den Strand schwimmen.«

Schweigend formt Kerstin ein Boot aus der Bananenschale. Es wird etwas klebrig. Gunnar steigt auf die Armlehne der Küchenbank und holt einen Stapel Fotos vom Küchenschrank herunter. Dann setzt er sich neben Kerstin.

»Hier ist er irgendwo.«

»Dein Papa?«

»Ja.«

Gunnar blättert die Bilder durch. Auf vielen sind weiße Boote und blaues Meer, braun gebrannte Körper und bunte Badesachen zu sehen. Da ist Malena. Sie hat einen roten Bikini

an und balanciert etwas albern auf einem Stein. Und da ist
Malena noch einmal, diesmal auf einem Boot, das von grünem
Wasser umgeben ist. Auf dem nächsten Foto sitzen mehrere
Leute am Strand. Sie halten grüne Flaschen in den Händen
und sehen glücklich aus.

»Da!« Gunnar zeigt auf eine Person im Hintergrund, die halb von einem Rucksack verdeckt wird. »Das ist mein Vater!«

Kerstin guckt genauer hin. Er sieht gar nicht wie die anderen Väter im Dorf aus, denn er hat sich eine Art rosa Haarband um den Kopf gewickelt, und darunter ragen seine Haare wie dicke rote Würste hervor. Seine Arme sind tätowiert, nur sein Gesicht kann man kaum erkennen, weil eine junge Frau ihre Bierflasche direkt davor hält.

»Triffst du ihn oft?«, fragt Kerstin.

Gunnar schüttelt den Kopf.

»Mama hat vergessen, ihn nach seinem Nachnamen zu fragen, und auf einmal stieg er in ein anderes Boot und war weg. Mit Vornamen heißt er anscheinend Andy oder so. Mama sagt, er konnte sehr gut zeichnen.«

Die Tür geht auf, und Malena kommt herein. Schnell legt Gunnar seine Hand auf die Fotos.

»So, jetzt werden sich die Schweine hoffentlich fernhalten«, sagt Malena zufrieden und schüttelt die Gummistiefel ab.

Ein penetrant süßlicher Duft breitet sich in der Küche aus. Gunnar und Kerstin halten sich entsetzt die Nasen zu.

»Was soll ich denn machen?« Ratlos breitet Malena die

Arme aus. »Wenn die Schweine das Grundstück erobern, können wir hier nicht bleiben. Das geht einfach nicht!«

Es wird mucksmäuschenstill. Malena wäscht sich am Spülbecken die Hände. Gunnar springt so ruckartig auf, dass sein Stuhl umkippt, und schreit:

»Ich will nicht nach Stenungsund ziehen! Nie im Leben! Da ziehe ich eher nach Neuseeland!«

K WIE KEKS

Bei Kerstin zu Hause haben die Wildschweine auch gewütet. Unter dem Pflaumenbaum hinten beim Acker. Als Kerstin nach Hause kommt, sprüht Papa gerade den ganzen Garten mit Parfüm ein, und überall hängen alte Klamotten, die mit ihrem Menschengeruch die Schweine vertreiben sollen – kaputte Jeans, T-Shirts mit Flecken und lange Unterhosen mit ausgeleiertem Bündchen. Im Vorbeigehen wirkt es, als ob der Garten vor Menschen wimmeln würde. An der Birke hängt das gelbe Kleid, das Mama immer an Mittsommer trägt.

»Wieso hast du das Kleid aufgehängt?«, fragt Kerstin.

»Was?«, ruft Papa vom Pflaumenbaum.

»Das Kleid, das Mama immer an Mittsommer anzieht. Wieso hast du das aufgehängt?«

»Das hat sie aussortiert«, ruft Papa. »Es lag im Nähkasten. Weil Flecken drauf sind.«

»Gar nicht«, brummt Kerstin und zieht das Kleid von dem Ast herunter. Sie wird nicht zulassen, dass ein verrotztes Wildschwein an Mamas schönstem Kleid herumschnüffelt!

In der Küche ist geputzt worden. Die Stühle sind ordentlich an den Tisch geschoben, die Flickenteppiche liegen gerade, und der Herd ist so blitzblank, dass er einen blendet. Im Wohnzimmer sind die Wolldecken gefaltet, und die Bücher, die Perlen und die mit Wolle umwickelten Klopapierrollen stehen alle im

Regal. Papa hat aufgeräumt, weil Mama nach Hause kommt. Warum muss er deswegen aufräumen? In Kerstins Bauch grummelt es. Sie setzt sich aufs Sofa und riecht an Mamas Kleid. Es riecht jetzt vor allem nach Rinde. Papa kommt in die Küche. Wegen des Parfüms stinkt er jetzt genau wie Malena nach alter Tante.

»Ich dachte, wir könnten vielleicht das leckere Gulasch für heute Abend kochen, wenn Mama nach Hause kommt.« Er wäscht sich die Hände. »Das wird schön.«

Kerstin nickt, obwohl sie weiß, dass Papa sich irrt. Nichts wird schön. Kann es gar nicht. Vielleicht nie wieder.

Sie müssen los. Widerwillig schnallt Kerstin sich an und schaut aus dem Fenster, während Papa das Auto zum Bahnhof in der Stadt fährt. Es regnet. Papa sitzt gut gelaunt am Steuer, im Radio läuft ein Beitrag zum Eurovision Song Contest. Papa singt mit. Kerstin pult im Sitzpolster. Es hat ein Loch, ein ekliges Loch voller Schaumstoff und Styropor. Kerstin verabscheut dieses Loch. Ihr wird schlecht davon.

»Papa, mir ist schlecht.«

Papa biegt in einen Waldweg ein und hält an.

»Musst du kotzen?«

Kerstin nickt und steigt hastig aus. Am Graben neben dem Waldweg hält Papa ihr die Haare aus dem Gesicht, aber es kommt keine Kotze, sondern nur tiefe Seufzer und Schluckauf aus ihrem Bauch. Es fühlt sich fast wie normales Weinen an. Im Graben liegt eine leere Tüte Chips. Ein Stück weiter ein brauner Pappkarton und eine Windel. Der Regen im Gesicht ist angenehm, und es tut gut, die frische feuchte Luft einzuatmen. Was, wenn sie einfach in den Wald hineingehen würde? Einen großen Schritt über die Chipstüte machen, zwischen den Tannen verschwinden und für den Rest ihres Lebens dort bleiben würde? Wie schön wäre es, niemals wieder an einem ekligen Autopolster herumpulen, niemals wieder eine Mama vom Bahnhof abholen und nie wieder eine hässliche und seltsame Hahnenkammfrisur sehen zu müssen!

Der Zug verspätet sich um zehn Minuten. Auf dem Bahnsteig stehen eine alte graue Tante, drei Jugendliche und ein großer nasser Hund. Der Hund sieht Kerstin traurig an. Kerstin erwidert seinen Blick. Sie beißt sich in die Wange, um nicht zu weinen, und beschließt, nicht mit Mama zu reden.

Kein Wort. Den ganzen Abend nicht. Papa reibt Kerstin den Rücken.

»Ist dir kalt?«, fragt er.

Kerstin schüttelt den Kopf. Jetzt sieht sie den Zug in den Bahnhof einfahren.

»Da kommt sie!«, ruft Papa.

Als der Zug bremst, ertönt ein schrilles Quietschen. Kerstin hält sich die Ohren zu. Die Türen öffnen sich. Sie blickt zu Boden und ist vollkommen unvorbereitet auf die Umarmung, die aus dem Nichts kommt. Ganz plötzlich wird sie hochgehoben.

»Kerstin! Oh, wie ich mich nach dir gesehnt habe!«

Es ist Mama. Sie legt ihre Wange an die von Kerstin und fühlt sich warm, weich und ein bisschen so wie immer an. Eigentlich hat Kerstin ja die ganze Zeit gewusst, dass Mama kein gefiedertes Gesicht haben würde. Mama stellt Kerstin wieder ab.

»Wie ist es dir ergangen?«, fragt sie mit Tränen in den Augen und tätschelt Kerstins Jacke.

Kerstin antwortet nicht. Sie schaut Mama genau an und erkennt sie tatsächlich wieder. Mama sieht ganz normal aus, obwohl sie sich die Mütze tief ins Gesicht gezogen hat.

»Dürfen wir jetzt den Hahnenkamm sehen?«, fragt Papa grinsend.

Mama lacht und nimmt die Mütze ab.

»Tatatataaa!«, sagt sie.

Unter der Mütze sind viel weniger Haare als vorher. Es sieht nicht wirklich aus wie ein Hahnenkamm, aber schrecklich findet Kerstin die Frisur trotzdem.

»Die Haare sind jetzt etwas platt gedrückt.« Mama fährt mit der Hand hindurch. »Aber mit ein bisschen Haarspray sieht es richtig toll aus!«

In dem Moment taucht Keks auf.

»Hallihallo«, ruft sie und schiebt ihren umfangreichen Körper zwischen Mama und Papa. »Und du warst so lieb, dich die ganze Woche um deinen Papa zu kümmern?«

Kerstin schnaubt. Sie wird nicht einmal versuchen, dazu etwas zu sagen. Keks stellt solche Fragen auch gar nicht, weil sie eine Antwort hören will, sondern damit alle lachen. Es weiß schließlich jeder, dass sie sich nicht um Papa kümmern kann, sie ist ja ein Kind.

Keks hat keine Kinder und wohnt in einer Wohnung in der Stadt.

»Zeig ihnen, was du auf dem Arm hast«, sagt Keks zu Mama.

Wieder lacht Mama und schiebt ihren Jackenärmel hoch. Sie hat ein Herz auf dem Unterarm, und in dem Herz ist ein K.

»Nicht nur ein Iro, sondern auch eine Tätowierung«, sagt Papa lachend. »Donnerwetter, das nenne ich mal eine Midlife-Krise.«

»Sieht es nicht toll aus?«, fragt Mama.

»K wie Keks«, sagt Keks und zwinkert Kerstin schelmisch zu. »So, jetzt muss ich aber nach Hause. Tschü-hüss!«

Sie verschwindet zwischen den Abgaswolken über dem Fuß-gängerüberweg.

Während sie zum Auto gehen, nimmt Mama Kerstins Hand. Papa legt den Arm um Mama.

»Was riecht denn hier so komisch?« Mama schnuppert an Papas Jacke.

»Wildschwein-Parfüm«, seufzt Papa.

EIN UNTERIRDISCHER KACHELOFEN

Zu Hause macht Mama als Erstes die gelbe Lampe auf der Fensterbank an. In der Küche ist es wieder warm und gemütlich.

»Du bist so still, Kerstin«, sagt Mama. »Ist was passiert?«

Kerstin schüttelt den Kopf und setzt sich an den Tisch.

»Du hast auf der gesamten Fahrt kein Wort gesagt. Bist du wütend auf mich?«

Wieder schüttelt Kerstin den Kopf. Gleich fängt sie an zu weinen.

»Bist du böse, weil ich weg war?«

Kerstin beißt sich auf die Lippe.

»Hast du mich vermisst?«

Jetzt kann Kerstin die Tränen nicht länger zurückhalten. Sie strömen nur so auf den Tisch.

»Wann geht der weg?«, fragt sie kaum hörbar.

»Wer?«, fragt Mama.

»Der Hahnenkamm? Wann bist du wieder so wie immer?«

Mama setzt sich neben Kerstin und streicht ihr über den Rücken.

»Tja«, sagt sie langsam. »Bis die Haare wieder lang sind, dauert es sicher mehrere Jahre.«

»Mehrere Jahre?«, schreit Kerstin. »Bis dahin bin ich ja erwachsen!«

»Aber Kerstin.« Mama muss kurz lachen. »So schlimm wird es doch wohl nicht sein.«

Papa kommt in die Küche.

»Jetzt gibt es was Leckeres zu essen.« Er öffnet den Kühlschrank. »Kerstin und ich haben das Gulasch gekocht, das du so gern magst.«

»Typisch«, lacht Mama.

»Wieso?«

»Ich habe mich gerade entschieden, Vegetarierin zu werden!«

Mama verhält sich den ganzen Abend seltsam. Es ist, als hätte sie vergessen, wie sie sich verhält, wenn sie die normale Mama ist, und als Kerstin sich die Zähne putzen soll, macht sie ihr die falsche Zahnpasta auf die Zahnbürste. Sie ist jetzt eindeutig eine andere Mama. Eine tätowierte Vegetarierin mit Irokesenschnitt. Kerstin kann nicht einschlafen. Ihre Beine strampeln wie von selbst, und das ganze Bett ist unbequem. Unten hört sie die Stimmen ihrer Eltern. Am Anfang murmeln sie eher, aber dann wird Papa plötzlich laut:

»Aber wir müssen doch darüber reden!«

Dann wird wieder gemurmelt, und plötzlich schreit Mama!

»… ich habe doch gesagt, dass ich es nicht weiß!«

Kerstin spannt den ganzen Körper an und lauscht. Sie streiten sich!

Das machen sie sonst nie. Warum streiten sie sich? Kerstin friert, ihr wird eiskalt. Sie ist überzeugt, dass sie sich trennen werden. Es passt alles zusammen! Sie streiten sich. Mama fährt weg. Genau wie die Mutter von Fatima. Was, wenn Mama auf Mallorca auch einen Pfingstler kennengelernt hat? Was, wenn sie jetzt zu ihm zieht? Streiten sie sich deshalb? Was, wenn das K auf Mamas Unterarm gar nicht Keks bedeutet, sondern Kristian? Oder Kurt?

»Deine Mütze, Kerstin!« Am nächsten Morgen hält Mama ihr die braune Wintermütze hin.

Kerstin starrt sie an. Weiß Mama nicht mal mehr, dass es mittlerweile warm genug ist und sie ihre gestreifte Frühlingsmütze aufsetzt? Langsam schüttelt Kerstin den Kopf. Wortlos zieht sie die richtige Mütze aus der Jackentasche und geht nach draußen.

Als sie bei der Neuen Hofstelle ankommt, hüpft Gunnar schon vor dem Gartentor auf und ab.

»Komm, das musst du dir angucken!«, ruft er. »Wir haben einen Kachelofen gefunden!«

»Wo denn?«

»Hier! Unter der Erde.«

Kerstin geht in den Garten. Zwischen Holzschuppen und Johannisbeersträuchern steht Malena und schaut ratlos den zerwühlten Rasen an.

»Das Parfüm hat gar nichts genützt«, seufzt sie. »Heute Nacht waren die Schweine wieder da.«

Gunnar läuft aufgeregt herum und fischt Sachen aus dem lehmigen Boden.

»Vor hundert Jahren war hier eine Müllhalde«, sagt Malena. »Stell dir vor, die Leute haben einen ganzen Kachelofen weggeschmissen.«

»Also, ganz sieht er nicht gerade aus«, sagt Kerstin. »Der ist doch kaputt.«

»Vielleicht können wir ihn ja wieder zusammenbauen.« Gunnar beginnt, die Einzelteile auf dem Rasen zu sortieren. »Mit ein bisschen Klebstoff und Lehm?«

Malena zieht einen kaputten Holzschuh aus der Erde. Dann lässt sie ihn fallen.

»Nein!«, sagt sie wütend. »So geht es einfach nicht weiter. Kann nicht endlich jemand diese Schweine abknallen?«

»Abknallen?«, fragt Gunnar erschrocken.

»Na klar. Wir können uns den Garten doch nicht mit wilden Schweinen teilen. Das geht einfach nicht! Da ziehen wir lieber zurück nach Stenungsund!«

»Stenungsund hier und Stenungsund da, immer nur Stenungsund«, seufzt Gunnar auf dem Weg zur Schule. »Wenn sie nach Stenungsund zieht, baue ich meinen Kachelofen im Erdkeller auf und wohne da allein.«

»Dann kann ich bei dir einziehen«, sagt Kerstin, »denn meine Mama zieht vielleicht nach Mallorca.«

»Wirklich?«

Kerstin zögert.

»Ganz sicher bin ich mir nicht«, sagt sie. »Aber ich habe das Gefühl.«

Eine Weile gehen sie schweigend nebeneinanderher. Vor ihnen hopst eine Elster die Straße entlang, dann fliegt sie los und landet in einer Kiefer.

»Kennst du jemanden, der schießen kann?«, fragt Gunnar plötzlich.

Kerstin denkt nach.

»Der alte Mann, der das ganze Jahr über den Weihnachtsbaum vor dem Haus stehen lässt, der kann schießen. Allerdings ist er ein Katzen-Hasser, und deshalb muss man sich vor ihm in Acht nehmen.«

»Ein Katzen-Hasser?«

»Ja«, sagt Kerstin. »Er schießt auf jede Katze, die ihm über den Weg läuft.«

Sie haben Nisses Gemischtwarenladen erreicht. Nisse steht davor und repariert gerade ein Reklameschild. Als er sie bemerkt, begrüßt er sie gut gelaunt.

»Wie geht's dem Affen?«, fragt er.

Er meint den pfeifenden Affen, den sich Kerstin und Gunnar

letzten Herbst zusammen gekauft haben. An den haben sie schon lange nicht mehr gedacht.

»Gut«, sagt Gunnar. »Allerdings funktioniert der Bewegungsmelder nicht mehr, weil die Batterie leer ist.«

»Schade.« Nisse macht ein betrübtes Gesicht. »Und mit Schweinen habt ihr bei euch auch Probleme, stimmt's?«

Kerstin und Gunnar nicken.

»Wechselt die Batterie des Affen aus«, sagt Nisse. »Das Pfeifen verscheucht die Schweine bestimmt.«

Dann fügt er seufzend hinzu:

»Es ist schon ein Elend mit diesen Tieren. Eigentlich hilft nur eins. Wisst ihr, was das ist?«

Kerstin und Gunnar schütteln die Köpfe.

»Wolfspisse!«, antwortet Nisse lachend.

Nach der Schule sitzen sie bei Kerstin zu Hause in der Küche und essen Knäckebrot.

»Wolfspisse«, sagt Gunnar. »Also Wolfspipi. Wo sollen wir das herkriegen?«

Kerstin zuckt mit den Schultern.

»Gibt es im Wald hier Wölfe?«

»Ich weiß nicht. Kann sein.«

»Und wie bringt man sie dazu, in ein Gefäß zu pinkeln, ohne dass man selbst in Lebensgefahr gerät?«

»Lass uns doch mal im Internet schauen!«

Papas Computer steht im Wohnzimmer. Kerstin darf ihn ab und zu benutzen. Sie setzt sich auf das Sofa und schreibt in die Suchzeile:

»Gibt es in der Nähe des Dorfes Wölfe?«

Sie erhalten 56 400 Antworten.

»Ui«, sagt Gunnar. »Es scheint überall Wölfe zu geben!«

Gunnar schiebt Kerstin zur Seite und tippt:

»Wie bringt man einen Wolf dazu, in eine Flasche zu pinkeln?«

Diesmal geht es in den Antworten jedoch vor allem um einen Mann namens Seppo, der seit Monaten nicht geduscht hat und immer in eine Flasche in der Küche pinkelt. Kerstin erobert sich die Tastatur zurück und schreibt: *»Wolfspipi«*.

»Schau mal!«, sagt sie. »Hier kann man Wolfspipi kaufen. *100-prozentiger Wolfsurin höchster Qualität*, steht da. Für nur 400 Kronen.«

»Ui«, sagt Gunnar schon wieder. »So viel Geld habe ich nicht.«

»Ich auch nicht«, seufzt Kerstin.

»Mama auch nicht«, denkt Gunnar laut. »Oder vielleicht doch, aber immer, wenn etwas mehr als hundert Kronen kostet, findet sie es zu teuer.«

Gunnar schiebt Kerstin erneut zur Seite.

»Was passiert, wenn man hier drückt?«, fragt er und klickt ein grünes Rechteck mit der Aufschrift »*Kaufen*« an.

»Nein«, ruft Kerstin. »Was machst du? Wir haben doch nicht so viel Geld!«

Auf dem Bildschirm taucht eine Seite mit Papas Namen und Adresse auf.

»Es sieht aber so aus, als ob man hier auch ohne Geld kaufen könnte!«, sagt Gunnar ganz begeistert und klickt noch ein grünes Rechteck an, auf dem »*Kauf bestätigen*« steht.

»Wolfspipi oder Stenungsund«, sagt Gunnar ernst.

Eine neue Seite ploppt auf. »*Danke für deinen Einkauf!*«

»Was?«, schreit Kerstin. »Wie hast du das gemacht?«

Sie sehen sich mit großen Augen an.

»Ich habe hier nur ein paarmal geklickt«, antwortet Gunnar. »Was heißt *auf Rechnung*?«

»Weiß ich nicht«, erwidert Kerstin.

Da geht die Haustür auf, und Papa fragt:

»Kerstin und Gunnar, was macht ihr da?«

Kerstin und Gunnar schalten augenblicklich den Computer aus und rufen genau gleichzeitig:

»Nichts!«

In Windeseile ziehen sie ihre Jacken und Stiefel an und rennen in den Wald. Erst bei der Stelle, wo im Sommer die

Himbeeren wachsen, bleiben sie stehen. Auch hier ist alles zer-wühlt.

»Hier sind die Schweine auch gewesen«, seufzt Kerstin. »Komm.«

Sie steigen über die dicken Erdhaufen und klettern auf den Hochsitz am Rande der Lichtung.

»Wie weit man gucken kann!« Gunnar dreht sich in alle Richtungen. »Von hier oben könnte man auf die Schweine schießen.«

Er tut, als würde er sich ein Gewehr schnappen und damit herumballern, aber man merkt, dass Gunnar das Schießen gar nicht kann, denn es sieht ziemlich unecht aus. Kerstin setzt sich auf ein nasses Brett und fühlt ihr Herz im ganzen Körper hämmern.

»Wie viel Geld hast du?«, fragt sie ernst.

»Weiß nicht«, sagt Gunnar. »Hundertfünfzig vielleicht, und du?«

»Vielleicht auch hundertfünfzig. Wir brauchen mindestens hundert Kronen mehr!«

Gunnar denkt eine Weile nach. Dann sagt er:

»Habe ich denn richtig bezahlt? Ich meine — kommt jetzt

jemand und bringt uns das Wolfspipi vorbei? Ich kapiere das irgendwie nicht.«

»Ich auch nicht«, sagt Kerstin. »Aber wenn jemand kommt, müssen wir bestimmt bezahlen.«

Schweigend sehen sie die Sonne hinter den Tannen untergehen. Plötzlich wird es kalt.

»Wir gehen jetzt nach Hause«, entscheidet Kerstin fröstelnd. »Wir gehen nach Hause und lassen uns nichts anmerken.«

SCHEIDUNGSKIND

Es ist Pause. Unter der Kiefer neben der Mensa steht Fräulein Alma Fröhlich. Fräulein Alma Fröhlich hat Pausenaufsicht und ist fast nie fröhlich. Sie ist ungefähr fünfundsiebzig Jahre alt und hat schon während des Kalten Krieges, also vor etwa fünfzig Jahren, als Hilfslehrerin an dieser Schule gearbeitet. Wenn man ihr auf dem Gang begegnet, sagt sie das jedes Mal. Kerstin geht ihr nach Möglichkeit aus dem Weg. Manchmal versteckt sie sich hinter den Jacken an der Garderobe, bis Alma Fröhlich an ihr vorbeigegangen ist.

Kerstin und Gunnar balancieren auf den Fahrradständern. Es nieselt. Unter der Feuertreppe stehen einige mit Tannenzapfen bewaffnete Fünft- oder Sechstklässler, und ein Junge, dessen Namen Kerstin nicht weiß, wirft einen Tannenzapfen auf Alma Fröhlich. Er verfehlt sie. Die Fünft- und Sechstklässler machen das fast jede Pause. Manchmal treffen sie, die Tannenzapfen bleiben in Fräulein Alma Fröhlichs krausem Haar hängen, und dann klatschen sie sich unauffällig ab. Das ist nicht nett, sondern total gemein von ihnen, und Kerstin würde sich so etwas niemals trauen. Sie kann verstehen, dass Alma Fröhlich fast nie fröhlich ist.

Ein Stück weiter hinten auf dem Hof, beim Grillplatz, hat sich die ganze Klasse um Fatima versammelt. Sie steht auf einem Baumstumpf und berichtet mit lauter Stimme vom Leben eines Scheidungskindes. Kerstin und Gunnar gehen hin.

»In der Stadt bekomme ich ein eigenes Zimmer.« Fatima jongliert mit Eicheln. »Und das wird genauso aussehen wie mein Zimmer hier, nur viel schöner. Und das WLAN ist dort tausendmal schneller, das dauert dort nur eine Sekunde, um im Internet zu suchen.«

Es klingt fast so, als würde Fatima mit der Scheidung ihrer Eltern angeben, findet Kerstin. Als ob das etwas Tolles wäre.

»Und direkt nebenan gibt es einen Laden, in dem man Süßigkeiten kaufen kann, und da bekomme ich dann jeden Tag was Süßes, wenn ich von KIDS nach Hause komme.«

»Was ist KIDS?«, fragt Doris.

Fatima verdreht die Augen.

»Da gehen die Kinder von den Pfingstlern hin. Man lernt dort was über Gott und so Sachen.«

»Glaubst du an Gott?«, fragt Arvid.

»Yes!«, sagt Fatima.

»Hast du ihn denn schon mal gesehen?«

»Nope.«

»Wie kannst du an ihn glauben, wenn du ihn noch nie gesehen hast?«

Fatima starrt Arvid an, als ob er blöd im Kopf wäre.

»Wenn ich Gott gesehen hätte«, sagt sie, »wüsste ich ja, dass es ihn gibt. Jetzt glaube ich es nur!«

Sie wirft die Eicheln in den Basketballkorb.

»Übrigens bekommt man bei KIDS Saft und Zimtschnecken. Und Pfefferkuchen auch, obwohl es Frühling ist.«

Kerstins Kragen fängt an zu kratzen, und sie will gerade ein Stück zur Seite gehen, um sich ordentlich am Hals zu kratzen, als Fatima ruft:

»Kerstin! Komm mal!«

»Was ist denn?«

»Komm!«

Fatima winkt ihr und zeigt auf den abgestorbenen Baum am Rande des Schulhofs. Erst dort bleiben sie stehen. Fatima stellt sich ganz dicht neben Kerstin.

»Ich will dich was Wichtiges fragen«, sagt sie.

»Okay«, erwidert Kerstin.

»Findest du mich blöd?«

Kerstin blickt zu Boden und zieht die Nase kraus.

»Nein.« Sie schüttelt den Kopf. »Oder, ich weiß nicht ...«

»Sag schon!«, sagt Fatima. »Findest du, dass ich blöd zu dir war? Sag ehrlich!«

»Ich weiß aber nicht.« Kerstin sieht zur Schule hinüber. »Nicht doll, glaube ich.«

»Aber ein bisschen?«

»Ich weiß nicht.«

»Ein kleines bisschen?«

Kerstin seufzt und tritt gegen einen Ast.

»Denn wenn ich blöd zu dir war«, fährt Fatima fort, »will ich nicht, dass du mich blöd findest. Und deshalb …«

Fatima sieht sich um, um sicherzugehen, dass niemand zuhört. Dann flüstert sie Kerstin ins Ohr:

»Und deshalb bekommst du etwas von mir.«

»Was denn?«, fragt Kerstin.

»Ich weiß nicht«, antwortet Fatima. »Was willst du haben?«

Kerstin zuckt mit den Schultern.

»Ich weiß nicht.«

»Du bekommst etwas, das ich zu Hause habe«, sagt Fatima.

»Okay«, meint Kerstin, während sie alle anderen auf dem Schulhof Richtung Eingang gehen sieht.

»Du kannst nach der Schule mit zu mir kommen«, redet Fatima einfach weiter, »und dann darfst du dir was aussuchen. Aber sag es niemandem!«

Kerstin nickt, dann rennt sie hinter den anderen her.

HUNDERT ODER GAR NICHTS

Kerstin war schon lange nicht mehr bei Fatima zu Hause, aber sie würde das Haus trotzdem mit geschlossenen Augen am Geruch erkennen. Warum riecht das Zuhause anderer Leute so speziell? Bei Kerstin zu Hause riecht es meistens normal. Oder nach gar nichts. Hier riecht es, als ob sich Essensgeruch in den Tapeten festgesetzt hätte. Kerstin und Fatima ziehen die Schuhe aus. Im Flur ist kaum Platz, weil so viele Umzugskartons herumstehen. Fatimas Mutter steht im Wohnzimmer vor dem Bücherregal. Sie nimmt ein Buch nach dem anderen heraus und legt es in eine Kiste, auf der *Lolos Bücher* steht. Als sie Kerstin bemerkt, lächelt sie.

»Lange nicht gesehen, Kerstin. Wie geht's dir?«

Kerstin antwortet nicht. Sie betrachtet eine Stoff-Tulpe, die aus einem der Kartons ragt.

»Komm.« Fatima geht voraus.

Ihr Zimmer hat sich gar nicht verändert. Abgesehen davon, dass sie jetzt einen eigenen Computer hat. Jetzt braucht sie zum Computerspielen nicht mehr ins Wohnzimmer zu gehen.

»Ich werde nichts in die Wohnung meiner Mutter mitnehmen«, sagt Fatima, »denn ich bekomme dort alles noch mal. Nur neu!«

»Bekommst du dort auch einen Computer?«, fragt Kerstin.

»Yes«, antwortet Fatima. »Der neue Freund meiner Mutter ist ziemlich reich und hat mir sofort einen geschenkt. Am nächsten Tag hat mir mein Vater den hier gekauft, denn sonst hätte ich hier vielleicht nicht mehr wohnen wollen.«

Fatima geht durch ihr Zimmer und nimmt alle möglichen Sachen in die Hand. Kerstin lehnt sich mit einem Finger ans Bett. Sie spürt einen Druck im Hals. Wie kann Fatima das nur alles so ruhig erzählen, ohne zu weinen? Findet sie es nicht schrecklich, dass ihre Mutter wegzieht? Wenn Kerstins Mama nach Mallorca zieht, wird Kerstin niemals wieder mit irgendjemandem reden, das weiß sie genau. Sie wird dann nur noch unter dem Bett liegen und für den Rest ihres Lebens Dinge kaputt beißen!

»Die hier«, sagt Fatima. »Willst du die haben?«

Sie hält ihr eine schimmernde kleine Eule mit Silberaugen hin.

Kerstin zuckt mit den Schultern.

»Und die hier?«

Fatima nimmt eine blaue Glasflasche aus dem Regal.

»Ich weiß nicht.«

Fatima seufzt.

»Und die hier?«

Sie hält ihr eine Barbiepuppe in einem rosa Kleid hin, dann überlegt sie es sich anders.

»Ach nein, die gehört ja zu den anderen. Was willst du haben?«

Wieder zuckt Kerstin mit den Schultern. Eigentlich möchte sie gar nichts aus Fatimas Zimmer haben, wobei doch, eine Sache vielleicht. Das 3-D-Poster von dem Kätzchen über Fatimas Bett. Das hätte sie vielleicht gerne, traut sich aber nicht, es zu sagen.

»Willst du Geld?«

Fatima holt ihren glitzernden Geldbeutel hervor und kippt ihn über dem Bett aus.

»Willst du diesen Zwanziger?«

Kerstin guckt sie vollkommen verblüfft an. Was soll sie dazu sagen? Geld ist genau das, was sie im Moment am dringendsten auf der Welt braucht. Geld für Wolfspipi! Geld, damit Gunnar nicht wegzieht! Nur reichen zwanzig Kronen überhaupt nicht …

»Hm«, macht Kerstin und sagt zögerlich: »Aber dann will ich hundert.«

»Hundert?«, fragt Fatima.

»Hm«, macht Kerstin jetzt entschieden und sieht den Geldschein an.

»Hundert Kronen?«

Kerstin nickt. Fatima überlegt kurz und sagt dann:

»Einen Fünfziger kannst du wahrscheinlich haben.«

Kerstins Herz klopft wie wild. Sie muss …

»Hundert«, sagt sie verbissen. »Hundert oder gar nichts.«

Fatima nimmt einen Hundertkronenschein vom Bett. Sie hält ihn sich vor das Gesicht und schaut ihn ganz genau an. Er ist ziemlich zerknittert.

»Ach, na ja«, meint sie. »Er sieht sowieso nicht mehr schön aus. Du kannst ihn haben!«

Fatima reicht Kerstin den Hunderter, und Kerstin steckt ihn schnell in die Hosentasche.

»Danke«, murmelt sie.

»Und vergiss nicht, dass ich ihn dir gegeben habe, weil ich blöd zu dir war, aber jetzt bin ich das nicht mehr«, sagt Fatima.

»Okay«, sagt Kerstin. »Kann ich jetzt gehen?«

Kerstin geht, so schnell sie kann, nach Hause. Jeden zweiten Schritt rennt sie. Über die Pfützen springt sie, aber nicht über den Matsch, auf den nimmt sie keine Rücksicht, der soll so viel spritzen, wie er will. Je weiter sie sich von Fatimas Haus entfernt, desto leichter werden ihre Beine. Bald ist sie so leicht, dass sie fliegen kann! Den Hundertkronenschein hat sie in der Hosentasche. Wie viel Glück kann man eigentlich haben? Sie

wollte einen Hunderter, und jetzt hat sie einen! Manchmal
ist das Leben pure Magie!

Als Kerstin die Neue Hofstelle erreicht, ist Gunnar
im Garten. Kerstin bekommt ein warmes Gefühl im
Bauch, während sie sich ausmalt, wie er sich über den
Geldschein freuen wird. Sie schleicht sich durchs
Gartentor. Die Wildschweine haben über Nacht
noch mehr Teile des Kachelofens ausgebuddelt,
und Gunnar legt alle auf einen Haufen.

»Hallo«, sagt Kerstin geheimnisvoll.
»Weißt du, was ich in der Hosentasche
habe?«

»Lehm und Kleister, um den Ofen zu
reparieren, hoffe ich«, sagt Gunnar, ohne
aufzublicken, »denn ich ziehe jetzt in den
Erdkeller. Hilf mir beim Tragen!«

Er hebt so viele Kachelofenteile
vom Boden auf, wie er tragen kann,
und stapft hinunter zum Erdkeller.
Kerstin nimmt auch ein paar Teile in die
Hand und geht ihm hinterher.

»Mama hat den ganzen Tag mit Leuten in Stenungsund telefoniert«, zischt Gunnar und stößt die Erdkellertür so fest mit dem Fuß auf, dass Erde von der Decke rieselt und auch ein paar Steinchen herunterfallen. Kerstin weicht einen Schritt zurück.

»Ich will nicht wegziehen!« Gunnar stampft mit dem Fuß auf.

»Ich will auch nicht, dass du wegziehst!«, sagt Kerstin leise und spürt mit dem ganzen Körper, dass sie es genauso meint, wie sie sagt. Sie will auf keinen Fall, dass Gunnar wegzieht, er ist schließlich erst vor Kurzem gekommen. Kerstin hat sich doch gerade an ihn gewöhnt! Mit wem soll sie spielen, wenn Gunnar wegzieht? Fatima? Nein, das geht nicht mehr, sie sind keine guten Freundinnen mehr. Mit sich selbst? Immer nur mit sich selbst, jeden Tag, die ganze Zeit?

Gunnar macht eine Taschenlampe an und bewegt den Strahl durch den Keller. Es ist feucht und tropft von der Decke, die morschen Holzregale sind eingestürzt. Auf dem Boden liegen Schraubgläser voller Marmelade von früher. Die Luft ist dunkel und kalt.

»Bah«, sagt Gunnar, »nicht gerade gemütlich. Aber immer noch besser als Stenungsund!«

Er legte die Kachelofenteile in die Mitte des Raums. Kerstin macht es genauso.

»Mit welchem Teil man wohl anfängt?«, sagt sie.

Dann schweigen sie eine Weile und gucken nur.

»Kalt ist es auch«, sagt Gunnar mürrisch. »Aber wenn wir mit dem Ofen heizen können, wird es besser.«

Fröstelnd steckt Kerstin die Hände in die Taschen.

»Ach, übrigens«, sagt sie. »Ich habe eine Überraschung für dich. Mach die Augen zu!«

»Warum?«, fragt Gunnar.

»Los, mach sie zu!«

»Kann ich nicht einfach die Taschenlampe ausmachen? Dann ist es auch dunkel.«

Er macht die Taschenlampe aus, und bis auf einen schmalen Streifen Licht, der durch ein Loch in der Tür hereinkommt, wird es stockfinster. Kerstin hält den Hundertkronenschein dorthin, wo sie Gunnars Augen vermutet.

»Jetzt kannst du das Licht anmachen«, sagt sie.

Gunnar knipst die Taschenlampe an.

»Ui.« Er greift nach dem Hunderter. »Woher hast du den?«

»Von Fatima«, antwortet Kerstin stolz. »Jetzt haben wir vierhundert Kronen und können das Wolfspipi bezahlen!«

Endlich sieht Gunnar nicht mehr ganz so unglücklich aus.

»Wenigstens eine gute Sache heute«, sagt er und leuchtet mit der Taschenlampe sein grinsendes Gesicht an.

APRILSCHNEE IST BESSER
ALS SCHAFSDUNG

An diesem Abend ist es am Küchentisch still. Als Mama den Spaghetti-Löffel in den Topf wirft, knallt es. Wie ein Schuss klingt das. Papa schnalzt daraufhin so laut, dass es klingt wie ein Peitschenknall. Kerstin kaut so vorsichtig wie möglich. Sie verkneift es sich, die Spaghetti einzusaugen, aber das Schlucken hört man trotzdem. Sie sieht Mama und dann Papa und dann wieder Mama an, aber da sie nicht weiß, welchen der beiden sie besser ansehen soll, schaut sie am Ende auf den Teller. Warum sind sie so still? Warum sagen sie nichts? Sind sie sauer? Manchmal hat Kerstin das Gefühl, gar nicht genau zu wissen, wer Mama und Papa sind. Als ob sie sie nicht gut kennen würde. Vielleicht sind sie gar nicht ihre Eltern? Aber andere Eltern kennt sie ja nicht. Ist sie also elternlos? In diesem Moment, in dem Schweigen am Küchentisch, fühlt es sich so an. Kerstin kommen die Tränen, wenn sie daran denkt. Schnell nimmt sie ein Stück Mohrrübe in den Mund. Als Mama nach der Ketchupflasche greift, fällt das Licht der Küchenlampe direkt auf ihre Tätowierung. K wie Keks. Nicht P wie Petter, wie Papa mit Vornamen heißt. Nicht P wie Papa. Ist er deswegen so traurig? Weil Mama sich den Buchstaben von jemand anderem hat tätowieren lassen? Mit einem Herz drum herum? Kerstin trinkt einen großen Schluck Milch. Eigentlich würde sie gerne fragen, was »auf Rechnung« bedeutet, darüber denkt sie die ganze Zeit nach. Aber das ist jetzt unmöglich. Es hat schon so lange niemand mehr etwas gesagt, dass man an diesem Küchentisch nicht mehr sprechen kann. Vielleicht würde die Küche sonst explodieren. Kerstin isst ein Stück Gurke und sieht Mama und Papa verstohlen an. Beide starren auf ihr Essen. Es ist vegetarisch. Plötzlich klingelt es.

»Oh, wer kann das sein?« Papa klingt verschlafen.

»Komm rein!«, ruft Mama, während sie die Tür aufmacht.

Es ist Gunnar. Er hat Schnee im Haar.

»Ach du meine Güte, schneit es schon wieder?« Mama lässt Gunnar in den Hausflur. »Wird es denn nie richtig Frühling?«

»Ach was«, sagt Papa. »Aprilschnee ist besser als Schafsdung.«

»Wie bitte?« Gunnar schüttelt sich den Schnee von der
Mütze.

»Aprilschnee ist besser als Schafsdung – das ist eine alte
Bauernregel«, erklärt Papa. »Ein bisschen Schnee im April
schadet nicht, bedeutet das. Schafsköttel sind ja viel klei-
ner als Kuhfladen, und deswegen richten sie keinen Schaden
an …«

»Unsinn«, fällt Mama ihm ins Wort. »Es bedeutet ganz was
anderes. Aprilschnee ist besser als Schafsdung heißt, Schnee im
April ist der beste Dünger für die Schafe.
Sie gedeihen dann besonders gut …«

»Nein«, sagt Papa, »ich bin
mir ganz sicher, dass mit
Schafsdung …«

»Du hörst es
doch selbst«, sagt
Mama mit lauter
Stimme. »Dung
wie Dünger …«

»Komm«, raunt Kerstin zu Gunnar. Sie räumt ihren Teller ab und rennt die Treppe hinauf. Sie gehen in Kerstins Zimmer und machen die Tür hinter sich zu. Kerstin atmet auf. Den Schafsdung-Streit hört man immer noch gedämpft.

»Ich habe mein Geld dabei«, flüstert Gunnar und geht zum Bett. »Wir können alles zusammenlegen, dann sind wir bereit, wenn er kommt.«

»Wer?«, fragt Kerstin.

Gunnar verdreht die Augen.

»Der mit dem Wolfspipi natürlich.«

»Okay«, sagt Kerstin.

Sie setzt sich neben Gunnar und schaut zu, wie er elf Zehner und zwei Zwanziger aus seinem Fausthandschuh auf das Bett schüttet.

»Woher weißt du, dass es ein Er ist?«, flüstert Kerstin.

»Wer?«, fragt Gunnar.

Kerstin lacht.

»Der mit dem Wolfspipi natürlich. Woher willst du wissen, dass es nicht eine Frau ist.«

Gunnar verstummt. Er denkt nach.

»Woher wissen wir, dass es überhaupt ein Mensch ist.«

Er reißt die Augen weit auf. »Stell dir vor, es wäre ein Werwolf!«

»Hör auf«, sagt Kerstin. »Werwölfe gibt es nicht!«

»Woher weißt du das?«

»Weil ich nur Bilder von gemalten Werwölfen gesehen habe«, antwortet Kerstin. »Außerdem weiß ich, dass es sie nicht gibt. Sie sind nicht echt!«

»Aber wie kann man einen Werwolf malen, wenn noch nie jemand einen gesehen hat?«

Gunnar verschränkt die Arme und sieht Kerstin triumphierend an. Kerstin zuckt mit den Schultern.

»Einen besseren Arbeitsplatz als ein Geschäft für Wolfspipi gibt es nicht«, fährt Gunnar fort. »Für einen Werwolf, meine ich!«

»Wieso?«, fragt Kerstin. »Glaubst du etwa, die Werwölfe pinkeln selbst in die Flaschen?«

»Wie willst du denn einen wilden Wolf dazu bringen, in eine Flasche zu pinkeln?«

Wieder sieht Gunnar Kerstin an, als ob er schlauer wäre. Kerstin zuckt mit den Schultern und betrachtet das Geld. Sie holt ihre eigenen hundertfünfzig Kronen und Fatimas knittrigen Hunderter hervor. Vierhundert Kronen auf einem Haufen. Jetzt sind sie so weit. Und da, genau in diesem Moment, klingelt es. Kerstin bleibt das Herz stehen.

»Das ist er«, ruft sie mit erstickter Stimme.

»Der Werwolf«, piepst Gunnar.

Sie kauern sich auf dem Bett zusammen und ziehen sich die Decke über die Köpfe. Die Münzen fallen klimpernd zu Boden.

»Psst«, macht Kerstin.

»Was machen wir jetzt?«, flüstert Gunnar.

»Ich weiß nicht!«

Sie heben die Decke ein Stück und lauschen. Ja, Mama und Papa reden mit jemandem, aber die Worte können sie nicht verstehen. Jetzt knarren Schritte auf der Treppe. Nein! Sie verstecken sich wieder unter der Decke, und Kerstin merkt, dass Gunnar zittert.

»Lieg still«, sagt sie, »dann sieht man uns nicht!«

Jetzt wird an Kerstins Zimmertür geklopft.

»Kerstin? Gunnar?«

Papa kommt herein.

»Was macht ihr?«

Vorsichtig lugen sie unter der Decke hervor.

»Habt ihr euch versteckt?«

»Wer ist gekommen?«, fragt Gunnar leise.

»Na, wer schon?« Papa lacht. »Deine Mutter natürlich. Du sollst zum Essen kommen!«

Gunnar und Kerstin sehen sich an. Nur Gunnars Mama?

»Gunnar!«, ruft Malena von unten. »Komm bitte!«

Gunnar springt vom Bett und rennt die Treppe hinunter, Kerstin läuft hinterher. Mama und Malena stehen an der Tür und reden über Mallorca.

»Schneit es immer noch?« Gunnar zieht sich die Mütze über die Ohren.

»Ein bisschen«, sagt Malena. »Aber Aprilschnee ist besser als Schafsdung.«

»Was?«, fragt Gunnar.

»Hat meine Oma immer gesagt«, sagt Malena. »Es bedeutet, dass sich der Schnee im April wie Dünger in die Ackerfurchen legt, in die man bald die Saat ausstreut. Dann wächst das Getreide besser!«

Kerstin sieht, dass Mama und Papa einen erstaunten Blick wechseln. Dann lachen sie.

»Ich glaube«, sagt Gunnar, »Schafsdung bedeutet, dass man sich bei den Schafen entschuldigt. Bevor sie eingeschneit werden. Entschuldigung, Schaf! Entschuldigung, Schaf!«

Gunnar geht rückwärts über den Hof und winkt Kerstin durch die Schneeflocken zu. Kerstin winkt lachend zurück. Mama macht hinter Malena die Tür zu, und Kerstin sieht durch die Scheibe, dass Gunnar »Entschuldigung, Schaf!« murmelt, bis er hinter der Scheibe verschwunden ist.

UNGEWÖHNLICHE DINGE

Zwei Dinge erscheinen Kerstin heute ungewöhnlich. Erstens ist Gunnar krank. Das ist er sonst nie. Zweitens ist Kenneth da. Er hat den Klassenraum übernommen. Das ist seltsam. Alles ist anders, und Kenneth spricht mit unnötig lauter Stimme. Kerstin wird davon ganz schwindlig. Bleibt es jetzt für immer so? Kenneth macht große Schritte, und als er seine Tasche auf den Lehrertisch stellt, fällt der Anspitzer hinunter. Da lachen alle. Kenneth auch. Als er sich bückt, um die Bleistiftspäne aufzuheben, rutscht ihm die Hose hinunter, und Kerstin kann seine Unterhose und ein Stück von seinem Po sehen. Dann haben sie Mathe-Unterricht.

»Es gibt nur drei Sorten von Menschen.« Kenneth guckt geheimnisvoll. »Diejenigen, die rechnen können, und diejenigen, die nicht rechnen können.«

Die Klasse ist mucksmäuschenstill. Kenneth lacht.

»Das war ein Witz«, sagt er.

Trotzdem lacht niemand. Es liegt eine merkwürdige Stimmung im Raum. Irgendetwas stimmt hier nicht, aber Kerstin ist nicht klar, was genau. Niemand weiß, was jetzt passiert. Kenneth räuspert sich und zieht die Hose hoch. Kerstin hält den Atem an. Sie hat nicht ansatzweise das Bedürfnis zu lachen, glaubt aber, dass sie jetzt lachen sollte. Doris meldet sich.

»Und die dritte?«

Kenneth schiebt seine Ärmel hoch, dann zieht er sie wieder hinunter und kratzt sich am Kopf.

»Wie gesagt, es war ein Witz. Hat ihn wirklich keiner verstanden?«

Alle schütteln den Kopf.

»Okay«, sagt Kenneth. »Dann schlagen wir jetzt die Mathebücher auf, damit ich sehe, wie weit ihr schon seid.«

An diesem Tag versucht Kenneth nicht noch mal, witzig zu sein. Er erzählt ein bisschen vom

Kenneth-Club und betont, wie wichtig er es findet, Menschen zu helfen, die es schwer haben. Er sagt, wenn man das glückliche Los gezogen habe, gesund, stark und reich zu sein, dann sei man verpflichtet, denjenigen zu helfen, die es nicht sind. Denn eines Tages sei man vielleicht selbst krank, schwach und arm und dann auf Hilfe angewiesen. Und daher sei es ein Glück, dass es Clubs wie den Kenneth-Club gebe! Es gebe viel zu viele Menschen, sagt Kenneth, die nur an sich selbst und ihr Geld denken. Während er das sagt, sieht er Kerstin an. Aus der Nähe riecht Kenneth wie ein alter Rasenmäher. Er sieht ihr direkt in die Augen. Kerstin senkt schnell den Blick. Meint er sie? Es fühlt sich so an. Warum sollte er sie sonst so anschauen. Ist Kenneth der Meinung, sie wäre einer dieser schrecklichen Menschen, die nur an sich und ihr Geld denken? Und wenn ja, woher weiß er das?

In der letzten Stunde sagt Kenneth, dass sie nun die Bilder von den Wänden abnehmen. Jeder soll das Bild von seiner Familie mit nach Hause nehmen. Kerstin reißt ihr Familienbild ab und knüllt es in den Ranzen. Dann zieht sie es wieder heraus und sieht es sich an. Ein Schauer läuft ihr über den Rücken. Jedes

Mal, wenn sie ihr gemaltes Bild von Mama hinter dem Straßenschild anschaut, gefriert ihr das Blut in den Adern. Heimlich stopft sie das Bild in den Papierkorb. Jetzt hängt nur noch ein Bild an der Wand.

»Wem gehört das?« Vorsichtig zieht Kenneth den Klebestreifen ab. Es steht kein Name drauf.

»Das ist Gunnars.« Hera zeigt auf Kerstin. »Da die beiden Nachbarn sind, kann Kerstin es ihm geben.«

Kenneth reicht Kerstin Gunnars Bild.

»Machst du das?«, fragt er.

Kerstin nickt.

»Wie nett von dir. Da tust du eine gute Tat für jemanden, der krank ist und deine Hilfe braucht!«

Kerstin bekommt heiße Wangen. Stellt Kenneth sie auf die Probe? Hat er den Verdacht, sie wäre nicht so nett zu Kranken und Schwachen wie die anderen in der Klasse? Kenneth lächelt sie an. Kerstin sieht schnell auf die Tischplatte. Dann steckt sie Gunnars Bild in den Ranzen und geht.

Draußen regnet es, und in der Straße sind lauter Kuhlen. Der Schnee ist weg, die Luft ist grau und kalt. Dieses Frühlings-Winterwetter wischt die Farben weg, und die verlassenen Häuser auf dem Heimweg sehen nicht rot, sondern fast schwarz aus. Auch die Neue Hofstelle. Es raucht aus dem Schornstein, aber der Rauch verschwindet im Regendunst und verschwimmt mit dem Himmel. Es ist alles eine einzige Wolke. Und drinnen im Haus sitzt Gunnar und ist krank. Wie krank ist er eigentlich? Was, wenn es so schlimm ist, dass er gar nicht möchte, dass Kerstin anklopft und das Bild abgibt? Vielleicht hat er solchen Husten, dass er keine Luft bekommt und sich keuchend zur Tür schleppen muss? Kerstin bleibt stehen. Soll sie das Bild lieber in den Briefkasten stecken? Allerdings wird es da wahrscheinlich nass und geht kaputt. Sie geht noch ein paar Schritte. Nein. Sie bleibt stehen. Jetzt kann sie nicht klopfen, das wäre falsch! So was macht sie nicht. Malena stellt ihr vielleicht eine Frage, und wenn Gunnar dann schläft, steckt sie in der Klemme. Kerstin fasst einen Entschluss. Sie wird Gunnar das Bild morgen geben. Wenn er dann wieder gesund ist. Das ist eine gute Idee, das spürt sie. Erleichtert rennt sie das letzte Stück nach Hause.

SO VIEL LIEBE

H allo!« Kerstin lässt ihren Ranzen im Hausflur fallen.
»Hallo!«, rufen Mama und Papa gleichzeitig.

Dass sie beide zu Hause sind, ist ungewöhnlich. Aber Mama hat im Moment frei und ab nächster Woche eine neue Arbeitsstelle. Sie sagt, auch das gehört zur Midlife-Krise. Im Moment scheint sie dafür zu sorgen, dass alles anders ist als mit neununddreißig. Jetzt, wo sie vierzig ist, riecht es auch anders im Haus. Kerstin geht ins Wohnzimmer. Da steht Mama mit ihrem Hahnenkamm und streicht eine braune Kommode rot.

»Ich dachte, die müsste man mal ein bisschen aufpeppen.« Sie wischt sich einen Farbklecks von der Wange.

»Das sieht hässlich aus«, sagt Kerstin und guckt Mama wütend an. »Ich kann die Kommode gar nicht wiedererkennen.«

Lächelnd legt Mama den Kopf schief.

»Kannst du Veränderungen denn nie etwas Gutes abgewinnen?«

Kerstin schüttelt den Kopf.

»Und von diesem Geruch bekommt man keine Luft.« Sie geht in ihr Zimmer.

Oben stinkt es auch nach Farbe, aber wenn sie sich das Duft-Radiergummi unter die Nase hält, geht es. Kerstin setzt sich auf den Boden. Sie schaut sich den Hunderterschein und die goldenen Zehner an, die sie gestern vorm Zubettgehen unter dem Heizkörper gestapelt hat. Vierhundert Kronen. Das ist ein gutes Gefühl, so viel Geld auf einem Haufen zu haben. Doch in dem Moment, als sie denkt, dass es ein gutes Gefühl ist, durchfährt sie ein Stoß. Ihr fällt plötzlich ein, was Kenneth gesagt hat: Es gebe viel zu viele Menschen, die nur an sich und ihr Geld denken. Oh nein! Auf einmal weiß sie, dass sie einen Fehler gemacht hat. Das Bild. Sie hätte Gunnar das Bild geben sollen. Sie hätte tun sollen, was Kenneth gesagt hat, und nett zu einem Kranken sein, anstatt einfach nach Hause zu gehen und nur an ihr Geld zu denken. Was ist sie doch für ein schrecklicher Mensch! Wie soll sie denn antworten, wenn Kenneth fragt, ob sie Gunnar das Bild nach der Schule gebracht hat? Nein, sie muss das Bild heute noch abgeben, und zwar sofort, damit das wieder in Ordnung ist. Kerstin steht auf und rennt die Treppe hinunter, aber genau in diesem Augenblick ruft Mama aus der Küche:

»Mensch, Kerstin! Wie schön!«

Kerstin springt die letzten Treppenstufen hinunter und bleibt im Türrahmen stehen.

»Was denn?«

»Was für ein wunderbares Bild! Du kannst so toll malen!«

Kerstin bleibt stehen. Auf dem Boden steht der Ranzen, er ist offen, und auf dem Tisch liegt Gunnars Bild.

»Es ist unglaublich schön«, fährt Mama fort. »So liebevoll, ich bin ganz gerührt, guck mal, ich weine.«

Lachend wischt sie sich eine Träne aus dem Augenwinkel und ruft nach Papa.

»Komm mal her und schau dir an, was für eine künstlerisch begabte Tochter du hast!«

Papa kommt vom Klo. Er schaut sich das Bild an.

»Ist es nicht wunderbar?« Mama legt Papa den Arm um die Schultern. »Du hast das Gefühl wirklich erfasst, Kerstin. So viel Liebe! Wir sind so eine wunderbare Familie.«

Papa schaut sich das Bild lange an und nickt.

»Ganz unglaublich«, sagt er schließlich. »Hast du das gemalt?«

Kerstin nickt ein bisschen. Sie weiß nicht, was sie sonst machen soll.

»Wir müssen es rahmen!«, meint Mama und geht einen Bilderrahmen suchen.

Papa beugt sich immer noch über das Bild.

»Was habe ich da am Arm?«, fragt er.

Kerstin zuckt mit den Schultern.

»Das sind Tattoos, das sieht man doch«, ruft Mama aus dem Wohnzimmer. »So würdest du aussehen, wenn du tätowiert wärst.«

Sie kommt mit einem Gemälde zurück, das normalerweise über dem Sofa hängt. Auf dem Gemälde schauen zwei arme Leute aus alten Zeiten auf einen Korb Kartoffeln. Das Bild hat seinen Platz an der Wohnzimmerwand, seit Kerstin denken kann, aber nun nimmt Mama es aus dem goldenen Rahmen und legt stattdessen Gunnars Bild hinein.

»Es bekommt den Ehrenplatz über dem Sofa.« Mama küsst Kerstin im Vorbeigehen auf den Kopf. »Meine kleine Künstlerin ... was? Und das goldene Haar hast du so toll hinbekommen. Dass du so toll malen kannst!«

Mama hat das Bild aufgehängt und setzt sich.

»Kommt und nehmt Platz, geliebte Familie.« Sie zieht Kerstin an sich, um sie zu drücken.

Papa setzt sich neben sie, und dann küssen sich Mama und Papa zweimal hintereinander auf den Mund und schauen anschließend wieder das Bild an. Erstaunlich, wie verliebt sie heute wirken, denkt Kerstin.

Plötzlich liegt überhaupt kein Streit mehr in der Luft. Das ist merkwürdig, weil sie sonst nicht so verliebt sind. Sind sie nur wegen des Bildes so verliebt? Was wäre gewesen, wenn Kerstin ihr eigenes Bild mit nach Hause gebracht hätte? Wo Mama hinter dem Straßenschild ist. Hätten sie sich dann auch geküsst? Oder hätten sie sich gleich scheiden lassen?

EIN ASCHEHAUFEN

D oris ...?« Kenneth runzelt die Stirn. »Nein, warte. Iris?«
»Gunnar«, sagt Gunnar und setzt sich auf seinen Platz.

Kenneth schweigt einen Moment. Dann schaut er auf die Klassenliste und sagt mit lauter Stimme:

»Gunnar, genau! Es war nur wegen der Frisur ... Bist du wieder gesund, Gunnar?«

Kenneth spuckt manchmal beim Sprechen. Ein Tröpfchen landet auf Kerstins Tisch.

»Ja«, antwortet Gunnar und sieht Kenneth unglücklich an. »Bist du jetzt immer hier?«

»Na klar.« Kenneth krempelt die Ärmel hoch und setzt sich auf den Lehrertisch.

»Dann wollen wir doch mal sehen, ob ich eure Namen schon kann.« Er kneift die Augen zusammen. »Gunnar weiß ich ja jetzt. Arvid? Iris? Hera? Fadi?«

Kenneth rät alle Namen richtig, aber als er bei Kerstin ankommt, schweigt er.

»Hm …«

Mit klopfendem Herzen starrt Kerstin auf die Tischplatte. Das winzige Spucketröpfchen schimmert in der Sonne und sieht so eklig aus, dass Kerstin sich am liebsten übergeben würde.

»Karolina?«, sagt Kenneth.

Kerstin antwortet nicht. Sie verzieht keine Miene. Oh, wenn sie doch heute krank wäre. Oder Kenneth über Nacht gestorben wäre. Im Klassenraum ist es mucksmäuschenstill. Gespannt, ob Kenneth auf ihren Namen kommt, starren alle Kerstin an.

»Jetzt sag schon, dass du Kerstin heißt, Kerstin!«, ruft Hera schließlich.

Kerstin schwitzt. Sie starrt auf den Tisch und denkt so inbrünstig, wie sie kann, dass Kenneth verschwinden oder die Lampe auf seinen Kopf fallen soll, damit er einen Stromschlag bekommt und verbrennt. Dann liegt nur noch ein Aschehaufen auf dem Lehrertisch, und ein Aschehaufen kann nicht nach Bildern fragen, die bei Kranken und Schwachen abgegeben werden müssen.

»Ach ja, Kerstin!« Erleichtert klatscht Kenneth in die Hände. »Dir habe ich doch gestern einen Auftrag erteilt. Hat es geklappt?«

Sie hat gewusst, dass das kommt! Sie hat es gewusst! Gleich fragt er Gunnar, ob sie ihm gestern das Bild vorbeigebracht hat, und dann sagt Gunnar Nein, und dann fragt Gunnar, was sie mit dem Bild gemacht hat, und diese Frage kann sie auf gar keinen Fall beantworten, das geht einfach nicht. Kerstin schweigt. Ihr ist schwindlig. Wenn sie lange genug den Atem anhält, stirbt sie vielleicht, oder fällt wenigstens in Ohnmacht und wird mit einem Krankenwagen zum Arzt gebracht, und dann braucht sie nicht zu antworten.

»Was denn für einen Auftrag?«, fragt Fadi.

»Das ist eine Sache zwischen Kerstin und mir«, sagt Kenneth geheimnisvoll und geht neben Kerstins Tisch in die Hocke. Er sieht ihr in die Augen, die sich hinter ihrem Pony verstecken.

»Hat es geklappt?«, fragt er leise.

Kerstin nickt schnell.

»Gut.« Kenneth steht auf. »Dann holen wir jetzt die Mathebücher raus.«

Kerstin schnauft. Ist es überstanden? Hat Kenneth das Bild

abgehakt? Zitternd legt sie ihr Mathebuch auf den Tisch und sucht die richtige Seite, aber sie kann fast nichts erkennen, weil ihre Augen voller Tränen sind. Warum kommen ihr die Tränen? Kenneth schreibt zwei Zahlen an die Tafel. Eine Eins und eine Fünf. Jetzt steht da Fünfzehn. Kerstin will nicht weinen, nicht jetzt! Nicht, wenn jemand zuschaut. Sie will einfach ganz normal und mittelgut gelaunt sein und gar nicht gesehen werden.

»Kenneth!«, ruft Hera. »Kerstin weint.«

Kenneth hört auf zu schreiben.

»Ojemine«, sagt er. »Was ist denn los, Kerstin?«

Kerstin antwortet nicht. Jetzt gucken alle, und der Kloß im Hals wird immer dicker. Tränen und Schnodder tropfen auf den Tisch.

»Ist jemand gestorben?«, fragt Iris vorsichtig.

Kerstin schüttelt den Kopf.

»Hast du was Spitzes unter den Fingernagel bekommen?«, fragt Fatima.

Wieder schüttelt Kerstin den Kopf.

»Ist es, weil du Mallorca so schrecklich findest?«, fragt Gunnar.

»Komm, Kerstin«, sagt Kenneth. »Wir gehen vor die Tür und reden. Ihr anderen arbeitet im Mathebuch weiter.«

Kerstin folgt Kenneth in den Flur. Es ist alles so doof und so unnötig. Wie ist es überhaupt dazu gekommen? Sie weiß gar nicht, warum sie weint. Die Tränen sind einfach geflossen.

»Wir setzen uns.« Kenneth zeigt auf die Bank neben der Garderobe mit Heras rosa Regenhose.

Kerstin setzt sich.

»So.« Kenneth setzt sich neben sie. »Erzählst du mir jetzt, warum du so traurig bist?«

Kerstin antwortet nichts, sie zieht nur schluchzend die Nase hoch.

»Ist was passiert?«

Kerstin schüttelt den Kopf.

»Habe ich was gesagt, das dich traurig gemacht hat? War jemand gemein zu dir? Ist zu Hause was passiert?«

Kenneth rät weiter, aber Kerstin schüttelt den Kopf. Wie lange will er noch raten? Bald muss er mal richtig geraten haben, sonst fängt er wieder von dem Bild an.

»Ist es wegen Mathe?«, fragt Kenneth.

Kerstin nickt.

»Okay«, sagt Kenneth erleichtert. Er scheint sich fast zu freuen. »Wegen Mathe also. Kommst du nicht mit? Sind die Zahlen das Problem? Hast du zu Hause jemanden, der dir hilft?«

Kerstin nickt und schüttelt gleichzeitig mit dem Kopf. Sie weiß nicht, was sie sagen soll, aber Kenneth wirkt zufrieden.

»Weißt du was?« Er zwinkert Kerstin zu. »Das kriegen wir schon hin. Vertrau mir!«

EIN PÄCKCHEN

An der Asphaltstraße sind zwei Briefkästen. Einer ist dunkelgrün und mit Reflektoren beklebt, der andere ist weiß mit ein bisschen Rot. Jeder Briefkasten ist an einem eigenen Pfosten befestigt. Der weiße mit ein bisschen Rot ist der von Gunnar. Der andere ist Kerstins. Meistens bekommen sie keine Post, sodass in beiden Kästen nichts drin ist, aber als Gunnar heute den Deckel aufklappt, kann er einen dicken Stapel Briefumschläge und Karten mit Blumen und verrückten Tieren drauf rausziehen, die *Herzlichen Glückwunsch zum Geburtstag* sagen.

»Die sind bestimmt für Mama«, sagt er. »Sie hat morgen Geburtstag, und ich habe noch kein Geschenk.«

Er blättert den Stapel durch.

»Ich gucke nur, ob ein Brief aus Stenungsund dabei ist«, sagt er, »denn wenn ein Brief aus Stenungsund kommt, schmeiße ich ihn in den Straßengraben.«

Kerstin klappt den Deckel des dunkelgrünen Briefkastens auf. Sie entdeckt das Kirchenblatt, und zuerst denkt Kerstin, das wäre alles, aber als sie sicherheitshalber die Hand in den Kasten steckt, fühlt sie auf dem Boden etwas Hartes und Eckiges. Ein Päckchen!

»Guck mal!« Sie zieht es heraus. »Was ist denn das?«

Es ist eine weiße Pappschachtel, und auf der einen Seite steht etwas in einer anderen Sprache. Auf der anderen Seite stehen Papas Name und Adresse. Und unten in der einen Ecke ist ein verschwommenes Tier abgebildet, das vielleicht ein Wildschwein darstellen soll. Gunnar betrachtet die Schachtel mit großen Augen. Er schüttelt sie vorsichtig. In der Schachtel gluckert es.

»Pipi«, sagt er. »Das ist ganz sicher das Wolfspipi. Der Werwolf war hier. Wollen wir das Päckchen aufmachen?«

»Nicht jetzt«, flüstert Kerstin aufgeregt. »Stell dir vor, es kommt jemand.«

Sie rennen zu dem Bus, der kein Bus mehr ist. Er ist ihr geheimstes Versteck und der perfekte Ort, um das Päckchen zu öffnen. Sie waren den ganzen Winter nicht hier. Die Sonne scheint auf die Lichtung zwischen den kahlen Bäumen, und auf die Sitze hat sich eine dicke Schicht Herbstlaub gelegt. Sie fegen es weg und setzen sich nebeneinander. Es ist schwer, das Päckchen zu öffnen. Der Werwolf hat es mit unheimlich viel Klebeband umwickelt, und Kerstin muss das Klebeband erst mit einer herumliegenden Glasscheibe durchtrennen. Eine kleine weiße Sprühflasche fällt heraus.

»Yes!«, ruft Gunnar. »Wolfspipi!«

Er hält die Flasche in die Höhe wie einen Pokal. Kerstin hopst vor Aufregung auf dem Sitz auf und ab. Die aufgerissene Schachtel wirft sie zu dem anderen Müll nach hinten.

»Oh, Wolfspipi!« Gunnar küsst die Flasche. »Geliebtes Wolfspipi! Und weißt du, was das Beste ist?«

»Nein, was?«

»Dass sie gratis ist.«

»Ist sie das?«

»Das siehst du doch. Jetzt können wir mit dem Geld machen, was wir wollen!«

Wieder küsst er die Flasche.

»Ich habe eine Idee«, ruft er. »Ich schenke Mama das Wolfspipi zum Geburtstag! Da freut sie sich!«

»Aber was, wenn sie wissen will, wo wir es herhaben?«, fragt Kerstin besorgt. »Was sagen wir dann?«

Gunnar überlegt.

»Ich weiß«, sagt er. »Wir können das Wolfspipi heute Abend versprühen, und dann bekommt Mama keine Wildschweine zum Geburtstag!«

»Keine Wildschweine?«

»Genau«, bejaht Gunnar. »Sie wird sich freuen, dass in der Nacht keine Wildschweine im Garten waren, und muss nicht nach Stenungsund ziehen – das ist das Geschenk.«

Kerstin lacht.

»Dann bekommt sie auch keine Rehe«, sagt sie. »Und keine Elche und keine Elefanten …«

»… und keine Nashörner und keine Tiger und keine Kro-kodile.« Gunnar lacht. »Unglaublich, wie viele Tiere sie nicht zum Geburtstag bekommt!«

Sie gehen mit der Sprühflasche nach draußen in die Sonne. Auf einem Stein zwischen all den vertrockneten Ästen und dem Laub steht eine Bachstelze und guckt sie an. Die erste Bachstelze des Frühlings!

»Aber einen kleinen Vogel kann sie haben.« Gunnar versucht, die Bachstelze zu fangen, aber sie fliegt schnell auf das Dach des Busses.

Kerstin und Gunnar gehen nach Hause. In der Sonne ist es so warm, dass sie die Mützen abnehmen und ihre Haare im Wind flattern lassen. Auf der Wiese blühen schon ein paar Leber-blümchen, und man spürt deutlich, dass heute einer dieser Tage ist, an denen auf den Nasen die Sommersprossen sprießen.

»Lass uns zuerst zu dir gehen und mein Geld holen«, sagt Gunnar.

Kerstin nickt. Aber dann fällt ihr plötzlich ein – das geht nicht! Gunnar kann nie wieder zu ihr nach Hause kommen, wie konnte sie das nur vergessen? Nie wieder. Ausgeschlossen.

Was, wenn er sehen würde, dass Mama sein Bild in einen Goldrahmen gesteckt und im Wohnzimmer an die Wand gehängt hat? Was wäre dann? Nein, es ist so seltsam, dass sie nicht einmal darüber nachdenken kann. Kerstin weiß nur, dass sie sich von nun an bis in alle Ewigkeit Gründe einfallen lassen muss, warum Gunnar nicht zu ihr nach Hause kommen kann.

»Ach nein«, sagt Kerstin. »Das geht nicht. Mama ist krank, sie muss spucken. Ich hole das Geld heute Abend, wenn wir das Wolfspipi versprühen.«

Vor der Neuen Hofstelle verabschieden sie sich. Mit der Sprühflasche unter der Jacke geht Gunnar auf den Hof. Kerstin sieht ihm lange nach, dann geht sie langsam nach Hause.

PFINGSTLER

K erstin!«, ruft Mama aus dem oberen Stock. »Was ist das hier für Geld?«

Kerstin rennt nach oben. Mama macht ihr Zimmer sauber. Sie hat alles umgeräumt. Jetzt steht alles am falschen Platz, nichts sieht mehr aus wie vorher, und Mama kniet vor dem Heizkörper.

»Wo hast du so viel Geld her?«

Kerstin setzt sich neben Mama und schiebt hundertfünfzig Kronen zu einem Haufen zusammen.

»Das hier gehört Gunnar«, sagt sie. »Er hat es nur hierhin gelegt. Ich bringe es ihm heute Abend.«

»Aha.« Mama macht ein erstauntes Gesicht. »Und der Rest? So viel Geld hattest du doch gar nicht.«

»Den hier«, Kerstin streicht den zerknitterten Hunderter glatt, »den hat mir Fatima gegeben.«

»Was?«, fragt Mama. »Warum denn?«

Kerstin seufzt.

»Fatima wollte nicht, dass ich denke, dass sie blöd zu mir war, und deswegen hat sie mir das Geld gegeben.«

»Aber …« Mama wirkt verwirrt. »Warum hat sie das gesagt?«

Kerstin zuckt mit den Schultern.

»Weil sie jetzt an Gott glaubt oder so, keine Ahnung! In der Pfingstkirche sind wohl alle nett zueinander.«

»In der Pfingstkirche?« Mama sieht skeptisch aus.

»Aber das kann sie doch nicht machen!«, sagt Mama. »Hundert Kronen sind viel Geld. Man kann nicht einfach hundert Kronen verschenken.«

»Wieso nicht?« Kerstin bleibt die Stimme im Hals stecken, und sie versteht wirklich nicht, was so falsch daran ist, Geld zu verschenken. Oh, wie sehr sie es bereut, die Wahrheit gesagt zu haben! Sie hätte lieber etwas sagen sollen, das nicht gleich Probleme nach sich zieht. Zum Beispiel, dass sie das Geld auf der Straße gefunden hat. Manchmal ist die Wahrheit absolut überflüssig!

»Komm.« Mama steht auf. »Wir fahren jetzt gleich zu Fatima und geben das Geld zurück, dann haben wir es hinter uns!«

»Was?«, keucht Kerstin. »Nie im Leben!«

»Kerstin«, sagt Mama ernst. »Du weißt, wie schlecht es einem geht, wenn man etwas behält, das einem nicht gehört.«

»Aber es gehört mir doch!«, fällt Kerstin ihr ins Wort und fängt an zu weinen. »Sie hat es mir geschenkt.«

»Hm.« Nachdenklich legt Mama Kerstin die Hand auf die Schulter. »Ich will trotzdem mit Fatimas Eltern reden. Komm, wir fahren.«

Vor Fatimas Haus steht ein roter Lastwagen mit der Aufschrift *Fredriks Umzugsservice*. Mama parkt dahinter.

»Komm jetzt, Kerstin!«

Mama muss Kerstin abschnallen, und Kerstin stolpert beim Aussteigen. Ihre Füße wollen nicht gehen.

»Sei nicht kindisch«, zischt Mama. »Jetzt ist auch noch deine Hose dreckig.«

Mama nimmt Kerstin an der Hand und zieht sie über den Gehweg. Kerstin stolpert ständig über ihre eigenen Füße. An der Treppe geht Mama drei Stufen auf einmal hoch und klingelt. Kerstin klammert sich ans Geländer.

»Ach, wie nett!«

Lolo, die Mutter von Fatima, öffnet die Tür. Sie hat rote Wangen und hält ein großes Bild von einem Hasen in den Händen.

»Hallo, kommt doch rein! Das ist aber eine Überraschung.« Sie weicht einen Schritt zurück und macht für Kerstin und Mama Platz im Flur.

»Entschuldigt bitte das Chaos«, fährt sie fort. »Aber dieses Wochenende ist der Umzug.«

Mama nickt und sagt mit trauriger Stimme etwas über Scheidungen. Dann sagt sie, dass sie gerne über eine andere Sache reden würde und es gut wäre, wenn Fatima dabei sein könnte.

»Fatima!«, ruft Lola. »Fatimaaa!«

Fatima kommt nicht. Lolo seufzt.

»Sie hört so schlecht«, sagt sie entschuldigend. »Sie hat so lange mit Kopfhörern Computer gespielt, dass ihre Ohren mit Ohrenschmalz verstopft sind. Nächsten Donnerstag gehen wir ins medizinische Versorgungszentrum.«

Lola geht Fatima holen. Fatima guckt finster.

»Was wollen die hier?«, fragt sie ihre Mutter.

»Hallo, Fatima«, sagt Mama fröhlich. »Schön, dich zu sehen!«

Fatima starrt Mama an, Kerstin starrt die Fußmatte an.

»Tja«, meint Mama. »Kerstin würde gerne etwas zurückgeben.«

Mama kramt den zerknitterten Hunderter aus der Hosentasche und gibt ihn Fatima.

»Hier«, sagt Mama. »Es tut mir leid, aber hundert Kronen sind viel Geld. Die kann man nicht einfach verschenken.«

»Das verstehe ich nicht«, mischt sich Fatimas Mutter ein. »Hast du Kerstin hundert Kronen geschenkt? Warum das denn?«

»Ich wollte ihr ja zwanzig geben, aber sie wollte unbedingt hundert haben«, murmelt Fatima.

»Was?« Mama lacht auf. »Stimmt das, Kerstin?«

Kerstin zuckt mit den Schultern. Sie beißt sich ganz fest auf die Lippe und murmelt:

»Ich wollte ja nichts anderes ...«

»Du kannst dein Geld aber nicht einfach verschenken, nur weil jemand anderes es haben möchte«, sagt Lolo streng. »Das macht man nicht!«

»Du hast doch neulich einem Obdachlosen Geld gegeben«, sagt Fatima und ist kurz davor zu weinen, das hört man.

»Kerstin ist aber nicht obdachlos!«, zischt Lolo.

Dann sehen sich die Mütter an und lachen ein bisschen. Es ist lange still, und in der Küche hört Kerstin die Spülmaschine achtmal piepen.

»Ach je«, sagt Mama schließlich. »Geld ist ein schwieriges Thema.«

»Ja«, erwidert Lolo. »Aber jetzt ist alles in Ordnung. Möchtest du vielleicht zum Spielen bleiben, Kerstin?«

Fatima durchbohrt ihre Mutter fast mit einem bösen Blick, und Kerstin schüttelt so heftig den Kopf, dass zwei große Tränen auf die Fußmatte fallen. Sie sieht Fatima wütend an. Dann öffnet sie die Tür und geht.

FÜHLEN WIE EIN SCHWEIN

Kerstin ist in ihrem Zimmer und wartet darauf, dass es anfängt, dunkel zu werden. Dann will sie sich zu Gunnar hinüberschleichen. Jetzt, wo der Frühling angefangen hat, wird es aber leider erst ganz spät dunkel! Durch das Fenster sieht sie die Vögel auf und ab flattern, und die Sonne ist anscheinend an der Stromleitung hängen geblieben und will gar nicht mehr untergehen!

»Es wird Zeit, ins Bett zu gehen!«, ruft Papa von unten aus dem Wohnzimmer.

»Ich gehe noch kurz nach draußen«, ruft Kerstin zurück und sammelt das Geld vom Boden auf.

»Jetzt?«, fragt Papa.

»Ja!«, antwortet Kerstin.

Dann rennt sie die Treppe hinunter, nimmt ihre Jacke vom Haken und geht hinaus. Draußen ist es windig. Laub wirbelt durch die Gegend, und ihre Haare fliegen ihr ins Gesicht. Gunnar sitzt am Fenster. Er wartet bestimmt auch auf die Dunkelheit.

Als er Kerstin entdeckt, kommt er hinaus auf den Hof und flüstert: »Mama googelt am Computer Stenungsund. Das ist gut, denn dann bekommt sie nichts mit!«

Kerstin nickt und kramt in der Hosentasche.

»Hier ist dein Geld. Hast du das Pipi?«

Gunnar holt die Sprühflasche unter seinem Pulli hervor.

»Okay«, sagt er. »Wo wollen wir anfangen?«

Sie gehen zum Steinwall.

»Jetzt müssen wir schlau sein«, flüstert Gunnar. »Wie würdest du hierherkommen, wenn du ein Wildschwein wärst? Also auf welchem Weg?«

Kerstin überlegt. Sie versucht, wie ein Schwein zu denken und wie ein Schwein zu fühlen. Würde es sich vielleicht von hier anschleichen? Durch die Fichten? Da wird man von den Fichtenzweigen verdeckt und kann sich in Ruhe umschauen, bevor man seine Schnauze in die Erde bohrt. Sie zeigt in die Richtung und probiert den Weg des Wildschweins aus. Es ist ein kleines Abenteuer, zwischen den wippenden Zweigen hindurchzuschleichen. Vielleicht ist es gar nicht schlecht, ein Schwein zu sein.

»Da drüben also.« Gunnar untersucht die Flasche. »Wie sprüht man damit?«

Kerstin schaut sie sich auch an. Sie dreht und drückt, aber die Flasche will nicht sprühen. Schließlich hat sie den Deckel ganz abgeschraubt.

»Mhm«, sagt sie. »Dann müssen wir wohl gießen.«

Gunnar gießt ein wenig Flüssigkeit auf den Boden. Sofort schlägt ihnen der Geruch entgegen.

»Wie das stinkt.« Gunnar hält sich die Nase zu. »Wir sollten uns beeilen!«

Er hält die Flasche weit von sich, während er auf die Fichten zugeht, aber in dem Moment, als er ein wenig Flüssigkeit auf den Boden kippt, kommt ein Windstoß. Das Pipi wechselt in der Luft die Richtung und fliegt direkt auf Gunnars Bein.

»Nein!«, schreit Gunnar erschrocken.

»Was machst du?« Kerstin reißt entsetzt die Augen auf.

»Nichts«, brüllt Gunnar, »aber das Pipi hat mich angepinkelt. Ich bin klitschnass!«

In dem Moment geht die Tür auf, und Malena guckt heraus.

»Gunnar?«, ruft sie. »Bist du draußen? Zeit, ins Bett zu gehen!«

Kerstin und Gunnar ducken sich hinter den Steinwall. Sie sehen sich entsetzt an, und Kerstin merkt, dass Gunnar Tränen in den Augen hat.

»Was soll ich jetzt machen?«, piepst er.

»Weiß nicht«, flüstert Kerstin.

»Und das Pipi ist alle!«

Verzweifelt schüttelt Gunnar die Flasche, aber es kommt kein Tropfen mehr heraus.

»Ein bisschen ist ja auf dem Boden gelandet«, tröstet Kerstin ihn. »Vielleicht reicht das?«

»Gunnar?«, ruft Malena noch einmal.

Gunnar sieht Kerstin hilflos an. Dann sieht er auf seine Hose.

»Ich werde Mama sagen, dass ich mich angepinkelt habe.«
Er seufzt.

Dann steht er widerwillig auf und geht langsam zum Haus.

Am nächsten Morgen wartet Kerstin lange am Gartentor auf Gunnar. Hat er verschlafen? Ist er krank? Ist Malena sauer wegen der Hose? Dann fällt ihr wieder ein, dass Malena heute Geburtstag hat, Gunnar singt bestimmt *Hoch soll sie leben*, und das dauert wahrscheinlich ein bisschen. Kerstin wartet. Sie traut sich nicht, anzuklopfen, weil sie das morgens noch nie gemacht hat und es seltsam wäre, die beiden frühstücken zu sehen. Kerstin zieht das Gartentor auf und zu, das Scharnier quietscht ein wenig, und dann kommt Gunnar endlich. Er sieht glücklich aus.

»Sie hat keine Wildschweine bekommen. Und sie hat sich tierisch gefreut!«

»Wirklich?«, fragt Kerstin.

»Keine einzige Schnauze hat sich heute Nacht in den Rasen gebohrt, und Mama versteht gar nichts mehr!«

»Und was hast du dann zu ihr gesagt?«

Gunnar macht magische Handbewegungen.

»Zauberei«, antwortet er und grinst stolz.

Sie gehen zur Schule.

»Will sie jetzt nicht mehr nach Stenungsund ziehen?«, fragt Kerstin.

Gunnar antwortet nicht. Er hopst kreuz und quer zwischen den Kuhlen in der Schotterstraße hindurch. Dann sagt er:

»Aber meine Hose hat so stark nach Pipi gerochen, dass ich die ganze Nacht von Werwölfen geträumt habe. Von unheimlichen Comicwerwölfen, die mit Nachnamen Stenungsund hießen!«

Kerstin lacht und blinzelt in die Sonne. In den Bäumen krächzen die Vögel, und der Asphalt auf der großen Straße ist zum ersten Mal seit Wochen trocken. Die staubigen grauen Schottersteinchen knirschen unter den Stiefeln, und Kerstin beschließt, am Nachmittag ihre neuen roten Frühlingsschuhe anzuziehen und die Schirmmütze aufzusetzen. Jetzt sehen sie die Schule. In dem Moment, als Kerstin das Tor berührt, klingelt es, und alles fühlt sich perfekt an.

ALMA FRÖHLICH

Wenn man im Schwedischunterricht Pech hat, muss man in Alma Fröhlichs grünem Kellerraum Buchstaben schreiben. Heute sind Kerstin und Gunnar dran mit Pechhaben. Sie setzen sich an den Tisch und erschauern, weil Alma Fröhlichs Anblick gruselig ist. Ihr ist beim Fahrradfahren mal ein Vogel ins Auge geflogen, und jetzt hat sie nur noch ein Auge. Von dem anderen Auge ist nur noch der Augendeckel übrig. Jetzt sitzt Alma Fröhlich auf einem Drehstuhl und spitzt einen Bleistift an.

Kerstin und Gunnar warten schweigend ab, aber es passiert nichts. Alma Fröhlich sieht sie mit ihrem einen Auge an, Kerstin rollt einen klitzekleinen Papierschnipsel zu einem Ball zusammen und steckt ihn sich unter den Daumennagel. Es ist unheimlich, wenn Erwachsene schweigend dasitzen, obwohl sie eigentlich Blätter verteilen müssten.

»Ich habe heute Nacht ein Ufo gesehen«, erzählt Alma plötzlich. »Auf dem Acker hinter der Scheune von Björkmans.«

Dann verstummt sie wieder.

»Ähm …?« Gunnar wirft Kerstin einen überraschten Blick zu.

»Ich schwöre hoch und heilig, dass es ein Ufo war!«

»Okay«, sagt Kerstin und sieht Gunnar an. Sie weiß nicht, was sie glauben soll. Normalerweise redet Alma Fröhlich immer über Wissens-Sachen wie Rechtschreibung, Zahlen und Landkarten und so etwas. Scherze macht sie nie.

»Ein helles Licht hat mich geweckt«, sagt Alma Fröhlich ernst. »Mitten in der Nacht. Ich ging im Nachthemd nach draußen, und da landete auf dem Acker hinter der Scheune von Björkmans ein Ufo. Es war so groß wie eine Garage. Und völlig lautlos. Dann …«

Alma Fröhlich macht eine ausladende Handbewegung.

»… dann plötzlich flog es weg, hob ab und verschwand.«

Kerstin und Gunnar sind vollkommen sprachlos. Sie sehen Alma Fröhlich mit großen Augen an.

»Ui«, sagt Gunnar. »Hast du ein Foto gemacht?«

Alma Fröhlich schüttelt den Kopf.

»Das habe ich nicht geschafft. Es ging so schnell. Ihr müsst mir einfach glauben. Ich habe ein Ufo gesehen!«

Es wird still. Alma Fröhlichs Worte stehen noch eine Weile im Raum, doch dann schüttelt sie sich, wischt sich etwas Unsichtbares vom Schoß und sagt:

»Jetzt schreiben wir Buchstaben!«

»Hast du schon mal ein Ufo gesehen?«, fragt Kerstin nach dem Mittagessen. Gunnar schüttelt den Kopf.

»Nicht in echt. Nur in Comics«, sagt er. »Mama meint aber, das beweist nichts.«

Er denkt ein bisschen nach und redet dann weiter:

»Allerdings könnte ja auch niemand Ufos zeichnen, wenn sie noch niemand gesehen hätte. Also muss es sie ja geben.«

»Ich weiß nicht«, sagt Kerstin. »Sie haben sie sich vielleicht ausgedacht.«

»Aber sie sehen ja alle ähnlich aus. Haben sich alle das Gleiche ausgedacht?«

Gunnar hebt einen Stock vom Boden auf und zeichnet ein Ufo in den Sand. In dem Moment kommt Kerstins Mama vorbeispaziert.

»Na, Süße«, sagt sie, »jetzt bist du überrascht, was?«

Mama streichelt Kerstins Arm. Ihr Hahnenkamm schimmert.

»Was machst du hier?«, fragt Kerstin.

»Kenneth hat mich angerufen«, antwortet Mama. »Er hat gefragt, ob wir mal ein Gespräch führen könnten, und da ich gerade Zeit hatte, bin ich sofort gekommen.«

Mama sieht sich auf dem Schulhof um.

»Ich bin gespannt auf Kenneth«, sagt sie, »und außerdem ist es toll, mal zu sehen, wie es dir so in der Schule geht. Ich bin ja fast nie hier!«

Kerstin weicht einen Schritt von Mama zurück. Es ist kein

gutes Gefühl, sie hier zu haben. Mamas haben in der Schule nichts zu suchen. Kerstin guckt zur Mensa. Dort, unter der Kiefer, geht Alma Fröhlich auf und ab. Sie hat Pausenaufsicht. Unter der Feuertreppe sind ein paar Kinder aus der Fünften und Sechsten. Ein Tannenzapfen fliegt durch die Luft und landet in Alma Fröhlichs Haar. In dem Moment nähert sich Kenneth mit knirschenden Schritten. Strahlend streckt er Mama die Hand entgegen.

»Kerstins Mutter?«, fragt er. »Toll, dass du sofort kommen konntest.«

»Freut mich«, sagt sie übertrieben gut gelaunt. »Freut mich wirklich, dich kennenzulernen!«

»Wir setzen uns ins stille Zimmer, unseren Besprechungsraum. Da haben wir Ruhe.« Kenneth geht auf das Schulgebäude zu. Mama folgt ihm, aber Kerstin bleibt stehen.

»Du auch, Kerstin«, ruft Kenneth über die Schulter. »Komm! Ich habe mir gedacht, wir besprechen das mit Mathe mal.«

DAS STILLE ZIMMER

N ehmt Platz.« Kenneth rückt zwei Stühle vom Tisch, einen
für Mama, einen für Kerstin. Er selbst geht auf die andere Seite. Im stillen Zimmer ist es nicht wirklich still. An der
Wand hängt eine Uhr, die laut tickt. Und in der Ecke steht ein
ausgestopfter Schwan, der einen mit gruseligen Augen anschaut.

»Okay.« Kenneth zieht sich die Hose hoch. »Wie gesagt, ich
dachte, wir sollten das mit Mathe besprechen.«

»Aha«, sagt Mama. »Was ist denn mit Mathe?«

Kenneth sieht Kerstin an.

»Möchtest du erzählen?«

Kerstin schüttelt den Kopf und senkt den Blick.

»Nein?«, fragt Kenneth. »Okay, dann erzähle ich mal, dass
Kerstin neulich im Unterricht ganz traurig geworden ist und
mir gesagt hat, sie hätte Schwierigkeiten mit Zahlen und käme
nicht richtig mit.«

»Ach, wirklich?« Mama klingt verwundert. »Davon hast du gar nichts gesagt, Kerstin.«

Wieder schüttelt Kerstin den Kopf.

»Seltsam«, sagt Mama. »Mit Zahlen hatte Kerstin noch nie Probleme. Weißt du noch, wie du alle Blumen auf der Tapete im Schlafzimmer zusammengezählt hast? Da warst du erst vier.«

Kerstin schwitzt. Es ist warm im stillen Zimmer. Die Uhr tickt. Sie deutet ein Nicken an und streicht sich den Pony aus der Stirn.

»Ach so?« Kenneth lächelt. »Aber du warst doch wegen Mathe traurig, oder?«

Jetzt sehen Kenneth und Mama sie beide an.

»Oder warst du wegen etwas anderem traurig?«, fragt Mama.

Kerstin nickt. Das Herz klopft ihr bis zum Hals. Unterm Haar läuft ihr der Schweiß hinunter.

»Also wegen etwas anderem«, sagt Mama.

Nein, denkt Kerstin. Sie hat einen Fehler gemacht. Sie hätte den Kopf schütteln müssen. Jetzt fängt Kenneth vielleicht von den Bildern an, und das darf er nicht!

Kerstin schüttelt den Kopf.

»Nein, wegen Mathe«, flüstert sie. »Nur wegen Mathe!«

»Was ist denn so schwierig an Mathe?«, fragt Mama.

»Alles.« Kerstin lässt den Kopf hängen.

Mama legt ihr den Arm um die Schultern.

»Ach, Kerstin, das ist doch nicht schlimm.«

»Ich habe mir überlegt«, sagt Kenneth mit sanfter Stimme, »wir sorgen dafür, dass Mathe dir mehr Spaß macht. Mehr Spiele und weniger Bücher. Wir lernen ja gerade die Uhr, und das ist manchmal etwas knifflig. Könnt ihr vielleicht zu Hause üben?«

Mama nickt.

»Natürlich«, erwidert sie. »Das machen wir, oder, Kerstin?«

Kerstin nickt. Mama schwitzt jetzt auch. Sie zieht sich den dicken Pullover über den Kopf, und die Tätowierung auf ihrem Arm kommt zum Vorschein. Mama merkt, dass Kenneth hinschaut, und meint:

»Ja, das habe ich mir gerade auf Mallorca stechen lassen.«

Kenneth lächelt geheimnisvoll.

»Oh, das ist aber hübsch! K wie Kenneth.« Er zwinkert Kerstin zu.

Mama streicht Kerstin lachend über den Rücken.

»Sind wir fertig?«, fragt sie.

»Ich glaube schon.« Kenneth gibt Mama die Hand. »Wir bleiben ja in Kontakt.«

»Klar«, antwortet Mama.

»Der ist aber nett, dieser Kenneth«, sagt Mama beim Abendessen. »So lieb und lustig!«

Kerstin ist still. Es gibt Hackfleischsoße. Ohne Fleisch. Mama hat versprochen, dass sie genauso schmeckt wie die mit Fleisch drin, aber Kerstin merkt den Unterschied.

»Sieht er denn auch gut aus, dieser Kenneth?« Papa greift nach dem Ketchup.

»Oh ja!« Mama lacht. »Ungeheuer schick. Und stell dir vor, mein Tattoo gefällt ihm!«

Kerstin trägt ihren Teller zur Spüle.

»Danke für das Essen«, murmelt sie.

»Mensch, Kerstin«, sagt Mama. »Bist du von dem bisschen wirklich satt?«

Kerstin antwortet nicht. Sie geht in ihr Zimmer. Es ist beunruhigend, am Küchentisch zu sitzen, während Mama und Papa so über Kenneth reden. Was, wenn Mama Kenneth lieber mag als Papa? Es klingt jedenfalls so. Was, wenn Mama mit Kenneth nach Mallorca zieht und noch ein Kind bekommt? Und sie und Papa hier allein zurücklässt? Vielleicht bedeutet das K in dem Herz auf ihrem Arm ja wirklich Kenneth und nicht Keks.

UFO

Dass Alma Fröhlich ein Ufo gesehen hat, ist heute bei allen Schulgespräch.

»Es ist hinter der Scheune von Björkmans gelandet«, sagt Doris. »Sie hat es gesehen.«

»Ja«, nickt Iris, »es war so groß wie eine Garage!«

»Vielleicht war es ja eine Garage!« Arvid grinst.

»Wieso?«

»Vielleicht hat sie die Garage von Björkmans mit einem Ufo verwechselt.«

»Oh Mann.« Doris verdreht die Augen. »Hast du schon mal eine fliegende Garage gesehen?«

Kenneth kommt in den Klassenraum.

»Kenneth!«, ruft Fatima. »Ufos gibt es gar nicht, oder?«

Kenneth stellt seine Tasche auf den Lehrertisch.

»Ufos?«, wiederholt er. »Nein, ich glaube nicht.«

»Was hat Alma Fröhlich denn dann gesehen?«, fragt Iris.

»Tja.« Kenneth lacht. »Wenn ich das wüsste. Ein Ufo war es jedenfalls nicht, da bin ich mir ziemlich sicher.«

»Können die denn Kinder entführen?«

»Wer?«

»Die Ufos!«

Kenneth seufzt. »Es gibt keine Ufos«, sagt er mit Nachdruck. »Alma hat geträumt, oder sie hat sich getäuscht. Schließlich hat sie nur ein Auge.«

»Ich verstehe das nicht«, sagt Gunnar auf dem Heimweg. »Warum darf man an Gott und Wildschweine glauben, aber nicht an Werwölfe und Ufos?«

»Wildschweine gibt es doch«, sagt Kerstin.

»Woher weißt du das? Hast du schon mal eins gesehen?«

»Nein, gesehen nicht …«

»Siehst du! Wir können nicht wissen, ob es Wildschweine waren. Es könnten auch Werwölfe oder Ufos gewesen sein. Oder Gott!«

Kerstin denkt nach.

»Ich habe schon Wildschweine auf Bildern gesehen«, sagt sie.

»Waren sie gemalt?«, fragt Gunnar misstrauisch.

»Ich glaube nicht«, antwortet Kerstin, ist sich aber plötzlich nicht mehr so sicher.

Gunnar hebt einen Stock vom Boden auf und balanciert ihn angeberisch auf dem Mittelfinger. Dann wirft er ihn auf eine Weide.

»Und Gott kann man weder sehen noch hören«, redet er wütend weiter, »und trotzdem glauben die Leute an ihn.«

Sie gehen durch das Gartentor der Neuen Hofstelle und ins Haus hinein. In der Küche herrscht Chaos. Der Tisch ist voller Ton und Werkzeug, und Malena hat ihren Arbeitsanzug an. Ihre Hände sind voller Matsch.

»Hallo.« Mit dem Handrücken wischt sie sich eine verschwitzte Strähne aus dem Gesicht. »Wisst ihr was, ich war heute so inspiriert, dass ich sofort anfangen musste. Könntet ihr heute vielleicht bei Kerstin spielen?«

Kerstin und Gunnar nicken und gehen nach draußen. Kurz vor dem Gartentor bleibt Kerstin stehen.

»Ach nein.« Sie seufzt. »Es geht doch nicht.«

»Was?«

»Bei mir können wir heute auch nicht sein.«

»Wieso nicht?«

Gunnar sieht enttäuscht aus.

»Weil … jetzt Papa krank ist. Er muss spucken!«

Sie bleiben am Gartentor stehen und schauen auf den Boden. Neben Kerstins Fuß steht ein verwelkter Krokus. Sie tritt darauf und zermalmt ihn. Da hören sie plötzlich ein Auto aus dem Dorf kommen. Kerstin blickt auf und sieht Papa am Steuer sitzen. Papa winkt und hupt fröhlich. Kerstin und Gunnar winken zurück und schauen dem Auto hinterher, bis es um die Ecke gebogen ist. Gunnar sieht Kerstin schweigend an, und da sie nicht weiß, wo sie hinschauen soll, betrachtet sie die ausgefransten Bündchen ihrer Winterjacke.

»Er sah gar nicht krank aus«, sagt Gunnar nach einer Weile.

»Nee.« Kerstin bleibt die Stimme fast im Hals stecken. »Ist er aber!«

Dann öffnet sie das Tor und rennt dem Auto hinterher, ohne sich noch einmal umzudrehen.

Als Kerstin nach Hause kommt, ist Keks zu Besuch. Sie sitzt auf der Arbeitsfläche in der Küche und baumelt mit den Beinen, obwohl sie viel zu groß dafür ist.

»Hallo, Kerstin«, ruft sie gut gelaunt.

Kerstin sagt nichts. Sie streift die Frühlingsschuhe ab und kickt sie in die Ecke.

»›Hallo‹ heißt das«, ermahnt Mama streng. »Wir planen gerade mein Geburtstagsfest, willst du mitmachen?«

Kerstin schüttelt den Kopf. Nächsten Samstag will Mama den ganzen Tag ihren vierzigsten Geburtstag feiern. »Offenes Haus« nennt sie das, und das Haus wird voller Leute sein. Kerstin kann sich etwas Schöneres vorstellen.

»Schreib Himbeersirup auf«, sagt Keks. »Für die Kinder.«

»Wir dürfen nicht vergessen, Gunnar und Malena einzuladen«, meint Mama.

Kerstin bleibt in der Tür stehen.

»Nicht nötig«, murmelt sie.

»Doch, natürlich!«, sagt Mama.

»Nein, die wollen sowieso nicht kommen«, sagt Kerstin etwas lauter. Sie spürt ihr Herz klopfen.

»Warum nicht?«

»Offenes Haus mögen sie nicht.«

Kerstin geht ins Wohnzimmer. Auf dem Sofa verschränkt sie die Arme und hört Mama und Keks in der Küche lachen. An der Wand hängt Gunnars Bild. Oh, wie sehr sie wünschte, sie hätte es selbst gemalt! Dann wäre ihr Leben viel leichter gewesen. Jetzt ist alles kompliziert und schwierig, und sie muss sich etwas einfallen lassen, damit Gunnar und Malena nicht zu der Geburtstagsfeier kommen. Vielleicht ist es doch besser, wenn sie wieder nach Stenungsund ziehen. Dann kann sie für den Rest ihres Lebens so tun, als ob es ihr Bild wäre. Hoffentlich zieht Gunnar noch vor nächstem Samstag um. Am besten verschwindet er auf Nimmerwiedersehen! Andererseits kann sie dann nicht mehr mit ihm spielen. Kerstin denkt so angestrengt nach, dass ihr heiß und schwindlig im Kopf wird, sie bekommt sogar Kopfschmerzen vom Nachdenken, aber sie kommt zu keinem Ergebnis. Was wäre nur schlimmer – dass Gunnar wegzieht oder dass er hierbleibt und zur Feier kommt?

Mama und Keks kommen ins Wohnzimmer.

»Ach, hier sitzt du und schmollst«, sagt Mama.

Kerstin sieht sie wütend an. Keks bleibt vor Gunnars Bild stehen.

»Mensch, Kerstin!« Sie geht näher heran. »Hast du das gemalt?«

»Ist es nicht wundervoll?«, sagt Mama. »Hast du schon mal so ein schönes Bild gesehen?«

»Du bist ja eine richtige Künstlerin.« Keks zwinkert Kerstin zu. »Du kommst nach deiner Tante.«

»Glaube ich kaum.« Mama lacht. »Kommt, ihr beiden, wir fahren einkaufen.«

WILDSCHWEINTON

Die Idee ist mir heute Nacht gekommen«, sagt Malena aufgeregt, während sie ein Stück Ton vom Block abschneidet. »Ich will Wildschweine machen!«

Es ist Sonntagvormittag, und Kerstin ist bei Gunnar zu Hause. Die Küche sieht immer noch wie eine Werkstatt und nicht wie ein Ort aus, an dem man kocht und isst. Malena steht im Arbeitsanzug am Küchentisch und knetet einen Klumpen.

»Es sind ja eigentlich faszinierende Tiere«, sagt sie. »Hässlich und gleichzeitig schön. Gefährlich und scheu, behäbig und unbesiegbar.«

»Hast du überhaupt schon mal ein Wildschwein gesehen?«, fragt Gunnar. »In echt?«

Malena lacht.

»Nein, und das finde ich sehr schade!« Sie wirft den Tonklumpen auf den Tisch. »Und seit deinem magischen Geburtstagsgeschenk scheinen sie unseren Garten ja verlassen zu haben.«

Kopfschüttelnd schaut sie Gunnar an.

»Also, mir ist das Ganze immer noch ein Rätsel. Ich wüsste ja zu gerne, was das für ein Geschenk ist, was ich noch bekomme.«

Malena zwinkert Gunnar zu, und Gunnar verzieht gequält das Gesicht. Er klopft mit einem Stift auf den Stuhl. Kerstin lehnt sich an die Spüle.

»Wollt ihr nicht nach Stenungsund ziehen?«, fragt sie vorsichtig.

»Nach Stenungsund?«

Malena lacht.

»Nein, wollen wir nicht. Dachtest du das? Ich habe das doch nur so gesagt.«

Sie lächelt Kerstin freundlich an. Kerstin sieht zu Boden und kommt sich blöd vor. Erwachsene können so unzuverlässig sein.

»Ich habe dort eine Ausstellung«, fährt Malena fort. »Im Sommer. *Wildschweinvernissage im Holzschuppen*, na, wie klingt das?«

Gunnar trommelt mit einem Stift an die Rückenlehne des

Stuhls, dann macht er auf dem gusseisernen Herd weiter. Beim Rauchabzug klingt es so laut wie eine Kirchenglocke.

»Wollt ihr nicht mal rausgehen und spielen?«, schlägt Malena vor. »Oder geht doch zu Kerstin. Da ist ja viel mehr Platz als hier.«

»Bist du froh, dass ihr nicht nach Stenungsund zieht?«, fragt Kerstin auf dem Hof.

»Ja, ziemlich«, sagt Gunnar nachdenklich. »Das Problem ist nur das Geschenk.«

»Welches Geschenk?«, fragt Kerstin.

Gunnar seufzt.

»Ich habe aus Versehen gesagt, dass ich noch ein richtig schönes Geschenk für Mama habe, und nun fängt sie jeden Tag davon an!«

»Oh«, sagt Kerstin. »Kannst du ihr denn nicht einfach was schenken?«

Gunnar schüttelt den Kopf.

»Du verstehst es nicht«, seufzt er. »Sie denkt, es wäre aus Gold. Mindestens.«

Sie gehen zu der Stelle, wo die Wildschweine gewühlt haben. Gunnars Mama hat den Rasen mit einem Spaten platt gedrückt, aber hier und da ragen immer noch Porzellanscherben und Backsteinstücke aus der Erde. Nieselregen liegt in der Luft.

»Wollen wir zu dir gehen?«, fragt Gunnar fröstelnd.

»Nein.« Kerstin guckt weg. »Das geht nicht.«

»Warum nicht?«

»Weil ...« Kerstin will noch etwas sagen, aber ihr fällt nichts ein.

»Weil es einfach so ist!«

Gunnar steht eine Weile schweigend da, dann sagt er:

»Komm!«

Er rennt zum Erdkeller. Kerstin zögert einen Augenblick, dann rennt sie hinterher. Gunnar hat schon die Tür mit dem Fuß aufgestoßen, und Kerstin sieht drinnen das Licht einer Taschenlampe.

»Ui.« Sie tritt ein. »Was hast du gemacht?«

»Gemauert!«, sagt Gunnar stolz.

Er richtet den Taschenlampenstrahl in die Ecke, und da steht tatsächlich ein Kachelofen. Ziemlich klein und schief, und vielleicht passen auch nicht alle Teile perfekt zusammen, aber dass es ein Kachelofen ist, sieht man von Weitem.

»Kann man ihn anheizen?«, fragt Kerstin.

Gunnar bückt sich und kramt auf dem nackten Erdboden herum. Ratsch macht das Streichholz, und kurz darauf brennt im Kachelofen eine Kerze. Die Schatten an den Wänden flackern. Es sieht gemütlich aus.

»Jetzt können wir spielen, dass wir zwei kleine Mäuse unter der Erde sind«, sagt Gunnar.

Kerstin lacht.

»Oder zwei Däumlinge, die in einem Stiefel wohnen.«

»In einem Stiefel mit Kachelofen«, lacht Gunnar.

Dann verstummt er. Er sieht Kerstin an.

»Du kannst die Höhle haben«, sagt er. »Hier kannst du wohnen, wenn deine Mama nach Mallorca zieht.«

»Okay.« Kerstin hat einen Kloß im Hals. Plötzlich fühlt sich alles so bedeutsam an.

»Und du?«, fragt sie mit zitternder Stimme.

»Ach«, antwortet

Gunnar. »Ich kann weiter im Haus wohnen. Auch wenn es da nur noch um Ton und Wildschweine geht.«

»Wenigstens zieht ihr nicht nach Stenungsund.« Kerstin versucht, die Stimmung aufzulockern. »Das ist doch gut, oder?«

»Ja«, meint Gunnar. »Allerdings kann man nie wissen, ob sie nicht morgen ganz woanders hinziehen will. Das ist das Schlimmste an Erwachsenen, sie können sich nie entscheiden!«

NICHT ALLE TASSEN IM SCHRANK

Die Wildschweine sind jetzt im Dorf angekommen. Sowohl bei Doris als auch bei den Nachbarn von Fatima sind die Gärten zerwühlt, obwohl sie in dicht bewohnten Straßen wohnen. Und der Katzen-Hasser – der Mann, der den Weihnachtsbaum das ganze Jahr vor dem Haus stehen lässt – hatte auch Besuch von den Schweinen. Wahrscheinlich hat er mit der Büchse am Küchenfenster gelauert und wollte auf die Wildschweine schießen, sagt Papa. Jemand hat gesehen, wie er das Fenster geöffnet hat, aber da sind die Schweine weggelaufen. Auf dem Grundstück der Neuen Hofstelle haben sie jedoch kein einziges Blatt mehr zertrampelt, seit letzte Woche drei Tröpfchen Wolfspipi auf der Erde gelandet sind.

»Es ist wirklich magisch!«, sagt Gunnar.

Kerstin nickt. Sie gehen von der Schule nach Hause. Es ist

stürmisch. Wilder Frühlingswind wirbelt das Herbstlaub vom Vorjahr aus dem Straßengraben auf, und Kerstin muss sich die Augen zuhalten, um nicht zu erblinden. Ein altes Eispapier fliegt durch die Luft und bleibt an der Bushaltestelle liegen. Vor Nisses Gemischtwarenladen fällt ein Fahrrad um.

»Wollen wir in den Laden gehen?«, fragt Gunnar. »Vielleicht finde ich bei Nisse ein Geschenk für Mama.«

Sie wollen gerade die Klinke hinunterdrücken, als die Tür von innen geöffnet wird. Alma Fröhlich kommt heraus und sieht verärgert aus. Kurz nickt sie Kerstin und Gunnar zu. Dann geht sie weiter und schleppt ihre schwere Einkaufstasche davon. Kerstin und Gunnar schauen ihr hinterher, bis sie ein Windstoß in den Laden drückt. Drinnen ist es warm und still. Und schön! Bei Nisse gibt es wirklich unendlich viele Sachen. Trotzdem sagt Papa, dass er nie die Dinge findet, die er braucht, nämlich normale Sachen wie Buttermilch oder saure Sahne. Kerstins Meinung nach sind die Dinge, die es hier gibt, viel besser als Buttermilch und saure Sahne! Sie bleiben vor dem Dekoregal stehen. Hier gibt es Lichterketten mit Flamingos, ein merkwürdiges Schild mit einem dicken Damenpopo und verrückte Tassen, aus denen man nicht trinken kann. Und ein rundes Gemälde von einem verschwommenen Jesus. Rings um den Jesus herum ist ein goldenes Muster, das leuchtet, wie Sonnenstrahlen. Es ist schön, findet Kerstin, und es ist batteriebetrieben.

»Das hier?« Sie hält Gunnar das Gemälde hin.

Er schüttelt den Kopf und betastet stattdessen ein kleines goldenes Standbild, das die drei Böcke Brausewind darstellt. Das Märchen haben sie letztens in der Schule gelesen. Drüben bei den Würsten stehen der alte Björkman und Aarto, der Bonuspapa von Doris. Sie reden laut über Alma Fröhlich.

»Tja«, sagt der alte Björkman lachend. »Sie hat anscheinend nicht mehr alle Tassen im Schrank ...«

»Stimmt.« Aarto grinst. »Ein bisschen eigen war sie ja immer, und dann dieses kaputte Auge!«

»Ja«, sagt der alte Björkman. »Da verguckt man sich schon mal.«

Wieder lachen sie, und der alte Björkman kauft eine Dose Snustabak und eine Schaumbanane. Dann gehen sie. Kerstin schaut ihnen hinterher, dann betrachtet sie eine rosa Seifenschale mit Delfinen drauf. Gunnar studiert ein mit Silberperlen besticktes Bauchtanzkostüm.

»Was darf es heute sein?«, fragt Nisse, der hinterm Tresen steht, und kneift die Augen zusammen.

»Nichts«, sagt Kerstin. »Wir haben kein Geld dabei.«

Nisse summt kurz. Dann klingelt er einmal mit der Kasse.

»Und wie läuft es mit den Schweinen?«, fragt er.

»Gut«, sagt Gunnar. »Sie sind weg! Das Wolfspipi hat geholfen.«

Nisse lacht zufrieden.

»Was habe ich gesagt?«, ruft er. »Wolfsurin ist das einzig Wahre!«

Dann macht er ein schelmisches Gesicht.

»Schaut mal her.« Er hievt eine Kiste auf den Tresen. Kerstin und Gunnar gehen näher heran. In der Kiste stehen zwanzig kleine weiße Flaschen, und auf den Etiketten steht mit schwarzem Filzstift »NISSES ECHTER WOLFSURIN«.

»Ui«, staunt Gunnar. »Ist das echtes Wolfspipi?«

»Steht doch drauf.« Nisse lacht. »Ist ein richtiger Verkaufsschlager. Aarto hat gleich zwei gekauft.«

»Aber.« Gunnar steht der Mund offen. »Woher hast du das Pipi? Hast du dich im Wald an einen Wolf angeschlichen?«

Nisse muss so lachen, dass man
sieht, dass er Schnupftabak unter seiner Oberlippe hat.

»Sag!«, fordert Kerstin.

Nisse spuckt den Tabak in
den Mülleimer. Dann räuspert
er sich und wird ernst.

»Jetzt aber schnell nach
Hause. Los, Kinder, lauft!«

Am nächsten Tag ist es immer noch windig. Kerstin wird davon,
dass so viele Dinge durch die Luft wirbeln, ganz wirr im Kopf.
Auf dem Schulhof fliegen Sachen herum – Papier und altes
Herbstlaub –, und als Kerstin zur Mensa geht, fliegt ihr eine
Plastiktüte ans Bein.

Heute gibt es Suppe. Kerstin setzt sich ans Fenster. Draußen
unter der Kiefer geht wie üblich Alma Fröhlich auf und ab.
Unter der Feuertreppe steht der Tod. Der Tod, der eigentlich
Frank heißt, geht in die Sechste. Kerstin hat Angst vor ihm.
Er hat Erwachsenenhände, obwohl er ein Kind ist, und wiegt
sich beim Gehen vor und zurück. Außerdem sieht er lebens-

gefährlich aus. Von ihrem Platz aus beobachtet Kerstin, wie der Tod einen Kiefernzapfen aufhebt und auf Alma Fröhlich wirft. Er verfehlt sie. Dann hebt er noch einen Zapfen auf und trifft. Volltreffer! Der Zapfen bleibt in Alma Fröhlichs Haar hängen, sie merkt es sofort und dreht sich um. Der Tod macht eine Siegerfaust und guckt triumphierend zu den Fünft- und Sechstklässlern, die sich an die Wand drücken. Als er aber sieht, dass er aufgeflogen ist, rennt er weg. Und Alma Fröhlich rennt hinter ihm her!

»Guckt mal!«, ruft Hera. »Alma Fröhlich jagt den Tod!«

Alle in der Mensa springen auf und rennen ans Fenster. Kerstin stellt sich auf ihren Stuhl.

»Schneller, Tod! Schneller, Tod!«, schreien alle.

»Was zum Teufel …«, sagt Kenneth. »Ist sie jetzt vollkommen verrückt geworden?«

Der Tod rennt zum Grillplatz, und Alma Fröhlich rennt hinterher. Sie ist schnell, ja geradezu unglaublich schnell für eine so alte Frau. Der Tod umrundet das Schulgebäude, aber Alma durchschaut ihn, und als er um die Ecke biegt, sitzt er in der Falle. Alma drückt ihn zu Boden. Sie ist stark. Der Tod tritt um sich und rudert mit den Armen, er sieht ganz klein und jämmerlich aus, wie er da auf dem Boden liegt. Plötzlich hebt Alma Fröhlich die Faust. Und dann sieht Kerstin, wie sie zuschlägt. Sie schlägt dem Tod ins Gesicht!

»Kenneth«, kreischt Hera. »Kenneth, tu was. Alma schlägt den Tod. Sie schlägt ein Kind!«

TRAURIG OHNE KIEFER

Alma Fröhlich ist verrückt geworden. Eindeutig. Als Kerstin am nächsten Tag zur Schule kommt, stehen alle um eine Kiefer herum. Die Kiefer liegt auf dem Boden des Schulhofs und reicht von der Mensa bis zum Lehrerzimmer. Alma Fröhlich hat sie gefällt.

»Als ich ankam, stand Alma mit einer Motorsäge da«, erzählt Kenneth der Schulleiterin. »Sie war wie von Sinnen!«

Die Schulleiterin nickt. Sie zieht ihr Handy aus der Tasche und wählt eine Nummer. Kenneth stützt sich auf dem dicken Baumstamm ab. Er ist kreidebleich.

»Zwei Meter nach rechts, und die Kiefer wäre mitten im Lehrerzimmer gelandet«, sagt er tonlos.

Alma Fröhlich kommt erst mal nicht mehr in die Schule. Das erzählt ihnen Kenneth in der ersten Stunde. Hat die Polizei Alma Fröhlich eingesperrt? Vielleicht muss sie den Rest ihres Lebens in einer Anstalt für verrückte Lehrerinnen verbringen, aber das weiß niemand so genau. Auf jeden Fall macht sie nie wieder Pausenaufsicht oder bringt Kindern im Keller Buchstaben bei.

Die Kiefer bleibt den ganzen Tag auf dem Schulhof liegen, und es macht den Kindern Spaß, über den langen Stamm zu balancieren. Morgen wird ihn der alte Björkman mit seiner Motorsäge zersägen. Das ist traurig, findet

Kerstin. Sie wird die Kiefer vermissen. Gunnar hat in der Baumkrone eine kleine Höhle gebaut, und Kerstin kriecht zu ihm hinein.

»Liebe, liebe Kiefer«, sagt Gunnar mit tränenerstickter Stimme und streichelt ein paar Nadeln. »Ich werde dich vermissen.«

Kerstin streicht über den Stamm. Sie pflückt einen Zapfen, riecht daran und rollt ihn zwischen den Handflächen.

»Es wird so traurig sein ohne die Kiefer«, sagt Gunnar. »Sie war mein Lieblingsbaum auf dem Hof.«

»Meiner auch.« Kerstin seufzt. »Jetzt wird es nie wieder wie früher.«

»Dies ist der weltschlimmste Tag«, sagt Gunnar. »Kannst du mich mal kitzeln, damit ich lachen muss und das Gefühl habe, ich wäre glücklich?«

Kerstin kitzelt Gunnar mit einer Hand, aber er windet sich nur und lacht überhaupt nicht.

»Du musst witziger kitzeln«, sagt er. »So!«

Gunnar kitzelt Kerstin, bis sie vor Lachen schreit. Kerstin kitzelt zurück, Gunnar lacht, und plötzlich fühlt sich alles nicht mehr ganz so schlimm an. Ein Stück voneinander entfernt verschnaufen sie. Gunnar hebt den Zapfen auf und bewirft Kerstin damit. Sie fängt ihn mit einer Hand auf.

»Guck mal.« Sie klopft auf den Zapfen. »Samen.«

Gunnar rückt näher. Er nimmt einen kleinen schwarzen Samen in die Hand und sieht ihn sich genau an.

»Kaum zu glauben, dass dieser kleine Samen eine ganze Kiefer enthält«, sagt er andächtig.

»Ich weiß«, ruft Kerstin. »Wir säen eine neue Kiefer!«

Schnell krabbeln sie aus der Höhle und rennen zu der Stelle, an der die alte Kiefer stand. Auf der Erde liegen Sägespäne, und aus dem Baumstumpf quillt ein bisschen Harz. Wie Blut aus einer offenen Wunde sieht das aus.

»Hier!«

Kerstin steckt den Samen in die Erde.

»Jetzt müssen wir nur noch abwarten, bis alles wieder so wie immer ist.«

Eine Weile stehen sie da und warten und fühlen ihre Sehnsucht. All ihre Kraft schicken sie in die Erde. Gunnar nimmt Kerstin an der Hand. Sie drückt seine Hand ganz fest, aber nicht so fest, dass es wehtut. Es ist ein schönes Gefühl, bedeutsam und warm und irgendwie magisch. Vielleicht wächst der Samen aufgrund der Kraft ihrer Gedanken? Hinter einer Wolke lugt die Sonne hervor, und ein verschlafener Zitronenfalter irrt planlos durch die Luft. Er landet auf einem verwaisten Schlitten am Straßenrand.

»Glaubst du, das reicht und wir haben genug positive Gedanken geschickt?«, flüstert Gunnar.

»Kann sein«, flüstert Kerstin.

Hand in Hand bleiben sie noch ein bisschen stehen.

»Können wir heute bei dir spielen?«, fragt Gunnar.

»Nein«, sagt Kerstin. »Das geht nicht.«

»Warum nicht?«

Gunnar lässt ihre Hand los.

»Weil es eben nicht geht.«

Kerstin guckt weg. Sie ist plötzlich genervt und wütend. Warum muss er nur alles kaputt machen? Gunnar sieht Kerstin finster an. Er streicht sich eine Strähne aus der Stirn.

»Manchmal habe ich das Gefühl, wir tun nur so, als wären wir Freunde, und sind es überhaupt nicht«, sagt er leise.

Dann dreht er sich um und geht.

OFFENES HAUS

Es ist Samstagmorgen. Kerstin wacht auf, weil ihr die Sonne direkt ins Gesicht scheint. Dadurch wird es hinter ihren geschlossenen Augenlidern ganz rot in ihrem Kopf. Sie setzt sich im Bett auf. Kattegatt liegt lang ausgestreckt am Fußende und schläft, und als Kerstin ihn streichelt, schnurrt er so laut, dass das ganze Bett knistert. Manchmal fühlt und denkt Kerstin gar nichts, wenn sie aufwacht. Sie ist dann innerlich ganz leer und weiß nicht, ob sie froh oder traurig oder etwas anderes ist. Sie weiß nicht mehr, was sie abends zuvor beim Einschlafen gedacht hat. Alles erscheint ihr frisch und neu. Genauso kommt es ihr heute auch vor. Bis ihr einfällt: Es ist Samstag, und Samstag bedeutet offenes Haus. Ein Gefühl, so schwer wie ein Backstein, steigt in ihr auf. Oh, wie hat sie sich gewünscht, dass dieser Tag niemals kommen würde! Dass der Kalender einen großen Satz macht und vom Freitag direkt zum Sonntag springt. Aber das ist nicht passiert, und nun ist es so, wie es ist. Heute ist Samstag und offenes Haus.

Kerstin steht auf und zieht sich an. Mama ist schon wach und rumort in der Küche, Kerstin hört sie Schranktüren auf- und zuschlagen und mit Geschirr klappern. Papa ist auch da. Er spricht von einem langen Tisch, und Mama sagt was von Essen in mehreren Durchgängen. Kerstin schleicht die Treppe hinunter. In der Küche sieht es nicht aus wie sonst. Auf der Arbeitsplatte stehen die guten, schönen Tassen und auf der Fensterbank kleine blaue Teller. Da, wo Kerstin immer sitzt, steht eine Vase mit Tulpen auf dem Tisch.

»Wo soll ich sitzen?«, fragt sie.

»Guten Morgen, mein Liebling.« Mama schiebt die Vase zur Seite. »Möchtest du Geburtstags-Brot zum Frühstück?«

Kerstin setzt sich. Die Sonne scheint durch das Küchenfenster, und eine Tulpe wirft einen Schatten auf die Tischplatte, der wie ein Drache aussieht. Als Mama ein Glas Milch daraufstellt, verschwindet er.

»Bitte schön.«

Mama schwebt fast durch die Küche, sie räumt Sachen hierhin und dorthin und trällert ein Lied. Kerstin versteht nicht, wie man sich so darüber freuen kann, dass das Haus voller Leute sein wird.

»Von meinen alten Kollegen kommen mindestens sieben«, sagt Mama, »und dann noch Cissi und Keks, James und Agnes mit den Kindern und ein paar Leute aus dem Dorf, Maja und Feffe mit ihrem Baby ...«

Mama holt Eier aus dem Kühlschrank und schlägt sie am Rand der Teigschüssel auf.

»... und Malena und Gunnar.«

Kerstin steht auf und stellt ihr Glas auf die Spüle. Sie geht ins Wohnzimmer.

»Du ziehst dir nachher aber eine andere Hose an, oder?«, ruft Mama ihr hinterher.

Kerstin tut, als hätte sie nichts gehört. Sie setzt sich auf das Sofa und starrt das Bild an. Oh, wie sie es hasst! Es kann dort nicht hängen bleiben. Entweder das Bild verschwindet – oder sie selbst! Kerstin steht auf und geht zur Wand. Merkt Mama denn nicht, dass die Frau auf dem Bild wie Malena aussieht? Die Haare, das Kleid, der Gesichtsausdruck. Und wie sollte sie dieses Kind mit den goldenen Haaren sein, das noch nicht mal einen Pony hat! Manchmal scheint Mama überhaupt nicht genau hinzuschauen. Sie will nur, dass alles gut und schön ist. Vorsichtig nimmt Kerstin das Bild ab. Sie wird es verstecken. Das ist das Beste. Mama fällt es bestimmt nicht auf, so beschäftigt, wie sie mit ihrer Geburtstagsfeier ist. Auf Zehenspitzen geht Kerstin aus dem Wohnzimmer, aber auf der Treppe kommt Papa ihr entgegen.

»Was hast du denn mit dem Bild vor?«, fragt er verwundert.

Kerstin antwortet nicht. Sie drückt sich das Bild an den Bauch und schaut Papa wütend an.

»Na?« Er streicht ihr über das Haar. »Ist es dir ein bisschen peinlich, wenn der Besuch kommt und das Bild sieht?«

Papa lacht freundlich und geht vor Kerstin in die Hocke.

»Ich erzähle dir mal was.« Er zwinkert ihr zu. »Als ich in deinem Alter war, war mir auch vieles peinlich. Und die Dinge, die ich gut konnte, wollte ich auf keinen Fall zeigen. Aber dann habe ich gelernt, stolz auf mich zu sein.«

Papa nimmt Kerstin das Bild behutsam aus den Händen.

»Ich hoffe, du lernst das auch, Kerstin, denn dies ist das schönste Bild der Welt!«

Papa steht auf und geht mit dem Bild ins Wohnzimmer. Er hängt es wieder an seinen Platz.

»So«, sagt er. »Alle sollen es sehen, finde ich. Sei stolz, Kerstin, dass so eine tolle Künstlerin in dir steckt!«

Papa küsst Kerstin auf die Stirn. Dann dreht er sich um und verschiebt den Wohnzimmertisch. Stocksteif bleibt Kerstin stehen. Was soll sie jetzt machen? Irgendetwas muss sie tun! Wenn sie nicht das Bild verstecken kann, dann muss sie sich selbst verstecken.

Um zwei kommen die ersten Gäste. Es sind Maja, Feffe und das Baby. Kerstin ist in ihrem Zimmer und horcht am Fußboden. Das Baby schreit ziemlich viel. Mama redet mit einer viel helleren Stimme als sonst und lacht laut und schrill. Sie ist nicht die normale Mama, das hört man genau. Heute ist sie die Mama mit dem Hahnenkamm. Eine Vegetarierin in einem kurzärmligen Kleid aus Mallorca, sodass man die Tätowierung schon vom Weiten sieht. Worüber lacht Mama? Kerstin presst das Ohr fest an den Fußboden, um besser zu hören, was unten passiert. Jetzt kommen noch mehr Leute, anscheinend James und Agnes mit ihren vier Kindern. James ist aus England, und Kerstin hört durch den Boden, dass alle plötzlich ganz laut Englisch sprechen. Mama auch. In einer anderen Sprache klingt sie noch komischer, und sie lacht doppelt so viel wie auf Schwedisch.

»Oh, it's amazing!«, kreischt sie. »I can't believe it!«

Alle in der Küche lachen so laut, dass das Geschirr klirrt, und in diesem Moment hört Kerstin Schritte auf der Treppe. Viele Schritte. Ihr wird eiskalt. Die Schritte kommen näher, und plötzlich stehen sie da, vier fremde Kinder mit dem gleichen Haarschnitt.

»Mama hat gesagt, wir sollen mit dir spielen«, sagt das Kind mit dem längsten Pony.

Dann strömen sie ins Zimmer. Sie fummeln an Kerstins Perlen herum, nehmen ihre Filzstifte und stecken die Kappen nicht wieder drauf, ein Kind latscht über eines von Kerstins Katzenbildern. Das größte Kind haucht einen ekligen Kussmund auf die Scheibe, und das kleinste schleudert ihre Kuschelkuh am Horn gegen einen Deckenbalken. In ihrem Zimmer scheint ein Sturm ausgebrochen zu sein. Kerstin hasst offenes Haus! Sie hat gewusst, was kommen würde! Sie hält sich die Ohren zu und rennt aus dem Zimmer. Aber wo soll sie hin? Hinuntergehen kann sie nicht, weil sie dort von all den gut gelaunten Engländern ausgelacht wird. Außerdem hängt das Bild da ... Die Abstellkammer unterm Dach! Darin kann sie sich verstecken.

Kerstin rennt zur Kammer, öffnet die Tür und kriecht in die

Dachschräge. Hinten in der Ecke, wo die Kiste mit dem Weih-
nachtsschmuck steht, ist ein winziges Fenster. Kerstin krabbelt
hin. Von hier aus hat sie einen Überblick über den gesamten
Schotterweg zum Haus und sieht alle Gäste kommen. Noch
ein Auto fährt in ihre Einfahrt. Es ist Keks. Sie parkt auf ein
paar Buschwindröschen. Kerstin streckt ihr die Zunge raus,
dreht sich um und setzt eine Weihnachtsmannmütze auf, die
aus der Kiste neben ihr ragt. Hier wird sie den ganzen Tag bleiben. Vielleicht sogar für den Rest ihres Lebens. Niemand wird
sie finden. Der Bommel an der Weihnachtsmannmütze riecht
gut, nach Kerzenwachs und Jutesack. Wenn sie bis Weihnach-
ten hier hockt, ist vielleicht alles vergessen. Kerstin schaut wieder aus dem Fenster. In dem Moment verschwindet die Sonne
hinter einer Wolke. Eine Elster setzt sich auf die Schubkarre.
Da sieht sie, wie Malena anspaziert kommt.

GOLDENER RAHMEN

Malena trägt ein grünes Kleid und hat eine geblümte Handtasche über der Schulter hängen. Doch wo ist Gunnar? Warum kommt er nicht? Kerstin drückt die Nase an die Scheibe. Sie wartet darauf, dass sein goldenes Haar hinter der Garage auftaucht, aber da kommen überhaupt keine Haare. Malena ist allein. Gut, denkt Kerstin und zieht sich die Weihnachtsmannmütze über die Ohren. Dann kann er wenigstens nicht das Bild sehen und ihr Leben zerstören. Seltsam ist es trotzdem — warum ist er nicht mitgekommen? Will er sie nicht mehr sehen? Ist er sauer? Oder traurig? Sitzt er in seinem Zimmer und spricht rückwärts und sagt in einer Sprache, die niemand versteht, dass Kerstin blöd ist? In Kerstins Kopf herrscht Durcheinander. Wie soll sie wissen, was sie will, wenn sie zwei Dinge gleichzeitig fühlt?

»Kerstin?«

Kerstin hält die Luft an. Es ist Mama.

»Kerstin, wo bist du? Hallo?«

Mama durchsucht das obere Stockwerk. Kerstin verkriecht sich in der hintersten Ecke und bedeckt das Gesicht mit einer Weihnachtsmannmaske aus der Kiste. Die Tür zur Abstellkammer wird geöffnet.

»Kerstin, bist du hier drin?«

Mama steckt den Kopf in die Kammer, und obwohl Kerstin mehr Ähnlichkeit mit einem Weihnachtsmann als mit einem Kind hat, erkennt Mama sie.

»Mensch, Kerstin!«, schimpft sie wütend. »Was machst du hier? Komm jetzt die Gäste begrüßen!«

Widerwillig krabbelt Kerstin zur Tür.

»Und nimm die Weihnachtsmannmaske ab!«, sagt Mama. »Was ist denn das für ein Unsinn! Es sind Kinder da, die mit dir spielen wollen, und Gunnar kommt bestimmt auch gleich.«

Mama wirft die Maske unter die Dachschräge und schiebt Kerstin die Treppe hinunter. Unten wechselt sie sofort die Stimme und spricht wieder mit der gut gelaunten Feierstimme.

»Ach, hallooo!«

Mit einem Päckchen in den Händen steht Malena im Flur.

»Herzlichen Glückwunsch«, sagt sie. »Habe ich selbst gemacht. Mein erstes Wildschwein!«

»Danke, da freue ich mich sehr!« Mama umarmt Malena. »Und wo ist Gunnar?«

Malena dreht sich um und schaut Richtung Straße.

»Tja, der ... ich weiß nicht ... er wollte nicht mitkommen.«

Malena sieht Kerstin an. »Ist etwas passiert?«, fragt sie. Kerstin sieht zu Boden, zuckt mit den Schultern und geht ins Wohnzimmer. Dort stehen sieben Erwachsene um den Tisch herum und essen Schnittchen. Kerstin setzt sich auf das Sofa. Da kommt Maja und quetscht sich neben sie. Sie knöpft ihre Bluse auf und holt eine große Brust heraus, damit das Baby Milch trinken kann.

»Hallo, Kerstin«, sagt Maja mit piepsiger Stimme. »Wie ist es in der Schule?«

Kerstin weiß nicht, wieso sie jetzt über die Schule reden soll, und deshalb rutscht sie nur ein Stück zur Seite, anstatt etwas zu sagen. Malena kommt ins Wohnzimmer. Sie geht zu den Schnittchen. Papa unterhält sich ein bisschen mit ihr. Direkt hinter ihnen hängt das Bild. Malena bräuchte sich nur umzudrehen, aber das tut sie nicht. Sie schaut die beiden Vogelbilder über Kerstins Kopf an.

»Was habt ihr für schöne goldene Bilderrahmen«, sagt sie. »Wo habt ihr denn die her?«

»Vom Flohmarkt«, erwidert Papa stolz.

»Solche suche ich schon lange.« Malena sieht sich um.

Kerstin hält den Atem an. Jetzt ist es so weit. Nein, nein, nein, jetzt sieht sie das Bild.

»Ach, sieh an, noch ein goldener Rahmen.«

Kerstin sitzt regungslos da. Ach, wenn doch nur die ganze Welt zu Eis gefrieren würde. Wenn kurz die Zeit stehen bleiben oder mitten im Wohnzimmer eine Bombe explodieren würde, das wäre schön! Aber Kerstin hat keine Bombe, und Malena schaut sich Gunnars Bild an. Sie geht nah heran. Kerstin beißt sich auf die Lippe, bis sie blutet. Plötzlich lacht Malena.

»Seht mal«, sagt sie. »Das könnte ich sein! Genau das gleiche Kleid.«

Papa lacht, und Kerstin verkriecht sich unter dem Wohnzimmertisch. Hier wird sie liegen bleiben, bis sie stirbt, und sie stirbt hoffentlich bald. In dem Moment klopft jemand mit einem Löffel gegen ein Glas.

»Ein vierfaches Hurra auf die Vierzigjährige!«, sagt Keks laut. »Hurra, hurra, hurra, hurra! Sie lebe hoch!«

Dann singen alle *Hoch soll sie leben*, und Mama sitzt auf einem Stuhl am Fenster und strahlt übers ganze Gesicht. Da kommt Kerstin eine Idee. Die Idee fliegt mitten im Lied zu ihr unter den Tisch, in ihren Kopf hinein. Es ist eine sehr gute Idee! Keks hält jetzt eine Rede, alle schauen zu ihr, und daher merkt niemand, wie Kerstin das Bild abhängt und damit das Wohnzimmer verlässt. Sie rennt die Treppe hoch und geht wieder in die Abstellkammer. Dort wickelt sie das Bild in das Geschenkpapier mit den Weihnachtsmännern und den süßen Schweinchen ein. Klebeband gibt es hier nicht, aber mit einem goldenen Geschenkband geht es auch. So! Jetzt muss sie nur noch etwas schreiben. Kerstin schleicht in ihr Zimmer. Die Kinder sind noch da, sie haben sich mit Kerstins Kissen eine Höhle auf dem Bett gebaut. Ihre Poesiebilder haben sie im ganzen Zimmer verstreut. Kerstin schnappt sich einen Stift und ein Blatt Papier und schreibt: ALLES GUTE VON GUNNAR. Dann klebt sie das Blatt am Geschenk fest und geht auf Zehenspitzen die Treppe hinunter. Im Flur steht Malenas geblümte Tasche. Soll sie das Geschenk hineinstecken? Kerstin überlegt einen Moment, dann zieht sie sich die Schuhe an, versteckt das Bild unter der Jacke und rennt nach draußen. Sie will zum Briefkasten von Gunnar und Malena.

Der ist ziemlich weit weg. Als sie in die Nähe der Neuen Hofstelle kommt, rennt sie so schnell, wie sie kann, damit Gunnar sie nicht sieht. Wie ein Pfeil schießt sie vorbei. Bei den Briefkästen angekommen, brennt ihr Hals vom schnellen Rennen. Sie klappt den weißen Kasten mit ein bisschen Rot auf, und er ist gerade groß genug für das Geschenk. Manche Dinge sind füreinander geschaffen, manchmal hat man Glück! Kerstin atmet auf. Sie öffnet den grünen Briefkasten. Nicht, weil sie vielleicht Post bekommen haben, aber es ist schwer, einen Deckel nicht aufzuklappen, wenn man davorsteht. Und erstaunlicherweise liegt ganz unten im Kasten ein Brief! Kerstin fischt ihn heraus. Es ist ein länglicher Brief an Papa und sieht aus wie eine dieser Rechnungen, die er nicht mag. Hat sie ihn gestern übersehen? Kerstin zieht ihn heraus und geht damit nach Hause.

100% PURE WOLF URINE

Am Tag nach der Geburtstagsfeier ist das Haus leer und still und durcheinander. Nichts ist mehr da, wo es hingehört. Kerstin findet sich kaum zurecht. Der runde Tisch steht am Fenster. Die blauen Stühle aus dem Flur sind in der Küche, und vor dem Fernseher türmen sich Geschenke. Kerstins Zimmer sieht aus, als ob jemand es umgedreht und durchgeschüttelt hätte. Nichts ist an seinem Platz, und fast alle Filzstifte sind kaputt.

»Hier müssen wir heute aufräumen.« Seufzend hebt Mama einen Pullover auf.

»Ich?«, fragt Kerstin erstaunt. »Aber das waren doch die . . .«

»Ich helfe dir«, unterbricht Mama sie. »Heute Nachmittag. Jetzt muss ich los.«

Mama geht zum Zumba in Folkets Hus, dem Gemeindezentrum. Das macht sie jeden Sonntag.

»Musst du dich nicht beeilen?«, ruft Papa von unten.

»Doch.« Mama rast die Treppe hinunter.

Kerstin geht ihr hinterher. Mama schnappt sich ihre Jacke und kramt in der Jackentasche.

»Wo ist der Autoschlüssel?«

»Du hattest ihn zuletzt«, antwortet Papa.

»Ja?«

Mama durchsucht den Flur und leert alle Taschen aus. Papa geht ins Wohnzimmer und sucht dort, doch plötzlich hält er inne.

»Kerstin«, sagt er. »Hast du das Bild abgenommen?«

Kerstin zuckt mit den Schultern.

»Malena hat es geschenkt bekommen«, murmelt sie.

»Was hast du gesagt?« Mama bleibt stehen. »Hast du das Bild Malena geschenkt?«

Wieder zuckt Kerstin mit den Schultern.

»Sie fand den Rahmen schön«, murmelt sie. »Sie hat doch einen goldenen gesucht.«

»Ja, aber«, stottert Mama, »du kannst doch nicht einfach unseren Rahmen verschenken, ohne zu fragen. Mit deinem Bild drin!«

Kerstin drückt sich an die Wand.

»Gunnar hat es aber gemalt«, flüstert sie.

»Was sagst du da?« Lachend setzt sich Mama auf einen Stuhl. »Hat Gunnar das Bild gemalt?«

Kerstin nickt.

»Warum hast du dann gesagt, dass du es gemalt hast?«, fragt Papa.

»Ich habe gar nichts gesagt!«, zischt Kerstin. »Ihr redet ja die ganze Zeit!«

Sie fängt an zu weinen und rennt die Treppe hinauf. Mama ruft ihr hinterher, aber dann hört Kerstin, wie sie weiter nach dem Schlüssel sucht. Papa scheint mitzusuchen, denn unten klimpert und raschelt und klappert es. So sauer sind sie vielleicht gar nicht. Kerstin setzt sich ans Treppengeländer und lauscht.

»Scheiß Schlüssel«, flucht Mama. In der Küche knistert Papier.

»Was ist denn das?«, fragt Papa plötzlich aus der Küche.

»Was denn?«, fragt Mama zurück.

»Ich habe eine komische Rechnung in der Obstschale gefunden ... Hast du was bestellt?«

»Nein«, erwidert Mama. »Was sollte ich bestellt haben?«

Kerstin hält die Luft an. Beim Wort Rechnung ist sie zusammengezuckt.

»Warte, hier steht es«, sagt Papa. »100 % Pure Wolf Urine?«

»Zeig mal her«, meint Mama. »Was ist das?«

Kerstin klammert sich ans Geländer und hört mit dem ganzen Körper zu. Sie hat das Gefühl, sich übergeben zu müssen.

»Wolfsurin?« Mama muss lachen. »Hast du Wolfsurin bestellt?«

Sie sieht sich die Rechnung genauer an.

»Für vierhundert Kronen. Plus Mahngebühr!«

Jetzt lacht sie nicht mehr.

»Du bestellst Wolfsurin für vierhundertsiebzig Kronen und sagst, mein Tattoo wäre teuer gewesen?«

»Ich habe doch keine Ahnung, was das ist!« Papa hat eine hohe Stimme. »Ich bin mir hundertprozentig sicher, dass ich keinen Wolfsurin bestellt habe!«

Kerstin lässt das Geländer los und hält sich die Ohren zu, aber sie bekommt trotzdem alles mit. Mama wirft Papa vor, dass er sich schon gar nicht mehr merken kann, was er alles für Mist im Internet bestellt, und Papa wirft Mama vor, ungerecht zu sein. Kerstin steht auf und rennt die Treppe hinunter. Sie steigt in ihre Schuhe, schnappt sich die Jacke und knallt die Tür hinter sich zu.

Kerstin rennt zur Himbeer-Lichtung. Aus dem Waldboden sprießen Buschwindröschen, und in den Bäumen zwitschert es. Bei der hohlen Pappel hört sie ein Klopfen. Sie schaut nach oben und sieht ganz oben auf einem Ast Papa Grünspecht sitzen. Er starrt sie mit seinem runden Auge an und steckt den Kopf in ein Loch. Jetzt kommt Mama Grünspecht angeflogen und landet neben ihm. Sie sehen verliebt aus, aber Kerstin weiß, dass sie sich bald trennen werden. Und deswegen hasst sie Grünspechte!

In den zerwühlten Furchen auf der Himbeer-Lichtung wächst Huflattich. Kerstin pflückt ein paar von den seltsamen Blumen, die sich wie unechte Würmer über ihre Handfläche schlängeln. Über Erdklumpen und Steine bahnt sie sich einen Weg zum Hochsitz. Sie steigt die Leiter hinauf. Heute sollte sie gute Sicht von oben haben. Sie muss überlegen, was sie jetzt tun soll. In der Ferne hört sie ein Auto mit quietschenden Reifen losfahren. Das ist bestimmt Mama. Dann hat sie den Autoschlüssel also gefunden. Was, wenn sie zum Zumba fährt und nie wiederkommt? Vielleicht fährt sie von Folkets Hus gleich weiter nach Mallorca, weil sie denkt, dass Papa Geld für Wolfspipi verschwendet. Wenn das passiert, dann ist es Kerstins Schuld. Der Gedanke versetzt ihr einen Stich. Ihr kommen die Tränen. Jetzt weiß sie, was sie zu tun hat. Ihr bleibt nur noch eines übrig: Sie muss untertauchen. Sie wird in Gunnars Erdkeller ziehen, ob sie will oder nicht.

Kerstin klettert vom Hochsitz und schleicht über den Acker zur Neuen Hofstelle. Niemand soll sie sehen. Denn selbst wenn Gunnar ihr den Erdkeller geschenkt hat, ist es nicht so einfach, auf einem fremden Hof einzuziehen. Vor allem, wenn der eigentliche Bewohner sauer auf einen ist. Vor dem Erdkeller zögert Kerstin einen Moment. Sie dreht sich zum Haus um. Es ist niemand zu sehen. Vielleicht sitzen Gunnar und Malena am Küchentisch und kratzen sich am Kopf, weil sie nicht wissen, wie das Bild in den Briefkasten gelangt ist. Sind sie wütend? Oder froh? Schwer zu sagen. Kerstin nimmt Anlauf und tritt die Tür auf. Drinnen ist es dunkel, aber Gunnar hat die Taschenlampe auf dem Boden liegen gelassen. Sie schaltet sie ein und guckt sich alles an. Abgesehen von ein paar Wolldecken und einem Kopfkissen mit Rosen drauf sieht es aus wie immer. Es ist gemütlich und gleichzeitig ein bisschen unheimlich. Aber vor allem ist sie hier vollkommen allein. Hier wird sie jetzt also wohnen. Woher wird sie etwas zu essen bekommen? Vielleicht bringt Gunnar ihr Reste? Wenn nicht, muss sie über dem Teelicht Brot backen. Kerstin richtet sich ein. Sie muss sich schließlich wohlfühlen. Ein umgedrehter Getränkekasten ist ein guter Tisch, und ein leeres Gurkenglas ist eine gute Vase für den Huflattich. Jetzt ist es schon fast wohnlich. Das Kissen und die Decken legt sie neben den Kachelofen. Leider klebt es genau dort, weil ein Marmeladenglas kaputtgegangen ist. Kerstin holt sich einen Stock, um damit sauber zu machen, aber die Scherben lassen sich nicht gut zusammenfegen. Außerdem muss sie ja gleichzeitig die Taschenlampe halten. Kerstin ist so ins Putzen vertieft, dass sie gar nicht merkt, wie jemand den Erdkeller betritt.

DER SCHRECKLICHE HUFLATTICH-TAG

Als Kerstin sich umdreht, erschrickt sie und schreit laut auf. Plötzlich steht er einfach da. Gunnar!

»Hast du gedacht, ich wäre ein Werwolf?«, fragt er verwundert.

Kerstin kann nicht antworten, sie muss zuerst die Angst wegatmen. Es ist so furchtbar, nicht allein zu sein, wenn man dachte, man wäre allein. Der Schreck steckt einem noch lange in den Knochen.

»Wohnst du jetzt hier?«, fragt Gunnar.

Kerstin nickt.

»Ist deine Mutter nach Mallorca gezogen?«

»Ich glaube schon.«

Kerstin zieht schluchzend die Nase hoch. Sie merkt plötzlich, dass sie die Tränen die ganze Zeit zurückgehalten hat. Aber sie warteten schon lange unter der Oberfläche. In den letzten Tagen war einfach alles zu viel. Gunnar kommt zu ihr und setzt sich auf ein Kissen. Er sieht Kerstin schelmisch an.

»Warst du das oder der Werwolf?«, fragt er.

»Was denn?«

»Das mit dem Briefkasten.«

Kerstin kann sich das Lachen nicht verkneifen.

»Was glaubst du denn?«

»Mama hat vor Freude geweint«, sagt Gunnar. »Komisch eigentlich, das Bild ist ja gar nicht traurig. Und dann hat sie gesagt, dass wir nach Neuseeland fahren.«

»Zieht ihr um?«, fragt Kerstin besorgt.

»Nein, wir fahren nur hin. Da kommt man wieder.«

Gunnar hält Kerstin die Taschenlampe ins Gesicht.

»Manchmal siehst du fast magisch aus«, sagt er. »Richtig unecht. Wie gemalt.«

Kerstin lacht.

»Sehe ich gemalt aus?«

»Ja, dein Schatten«, sagt Gunnar. »Guck mal, wie unecht du an der Wand aussiehst.«

Gunnar leuchtet Kerstin so an, dass ihr Schatten lang gezogen auf die Erdkellerwand fällt. Wie eine gruselige Hexe mit

langer Nase sieht das aus, und Kerstin
formt die Hände zu Klauen.

»Es war einmal«, raunt Gunnar mit verstellter Theater-
stimme und leuchtet die
Huflattich-Vase an. Schatten von gewunde-
nen Stängeln
schlängeln sich
bis zur Decke.

»Es war ein-
mal am schreck-
lichen Huflattich-
Tag ...«

Lachend formt Kerstin eine Spinne. Gunnar hält die Taschenlampe darauf und fährt fort:

»... als damals ...«

Weiter kommt er nicht, weil Malena draußen ruft:

»Kerstin! Gunnar? Seid ihr hier?«

Gunnar macht die Taschenlampe aus, und auf einmal ist das
Spiel vorbei.

»Pscht«, macht er.

»Hallo!«, ruft Malena. »Gunnar und Kerstin, wenn ihr hier irgendwo seid, müsst ihr bitte antworten, es ist wichtig!«

Kerstin und Gunnar sehen sich im Dunkeln an. Sie sagen keinen Ton. Draußen auf dem Hof ruft Malena weiter. Plötzlich kommt ihre Stimme näher. Es raschelt im Laub vor der Tür.

»Hallo, seid ihr hier drin?«

Malena steckt den Kopf herein. Ihr Haar ist verwuschelt, und sie hat nur einen Pullover an.

»Warum antwortet ihr nicht?«, fragt sie außer Atem. »Ich rufe schon die ganze Zeit! Kerstin, dein Vater hat angerufen. Du sollst sofort nach Hause kommen. Deiner Mutter ist was passiert!«

Man kann so schnell rennen, dass man nicht spürt, wie die Füße den Boden berühren. Man kann so schnell rennen, dass die Welt ringsherum verschwimmt, aber jedes Steinchen auf dem Boden glasklar zu sehen ist. Man kann in weniger als einer Minute von Gunnar zu Kerstin gelangen. Kerstin reißt die Tür auf.

»Was ist los?«, ruft sie.

Mama sitzt mit Jacke und Schuhen auf einem Stuhl in der Küche. Sie drückt sich ein Handtuch an die Nase. Papa steht an der Spüle und lässt den Wasserhahn laufen.

»Kerstin!«, seufzt er erleichtert und dreht das Wasser ab. »Gut, dass du da bist. Mama ist mit einem Wildschwein zusammengestoßen!«

»Was?«, schreit Kerstin.

Mama nickt.

»Es stand auf einmal in der Kurve hinter der Kirche, und ich konnte nicht mehr bremsen. Das Auto ist völlig zerquetscht.«

»Hauptsache, dir geht es gut«, sagt Papa. Als er Kerstin auf den Schoß nimmt, merkt sie, dass er zittert. »Du hättest sterben können!«

»Ich bin viel zu schnell gefahren.« Mama fängt an zu weinen. Und wenn Mama weint, muss Kerstin auch weinen. Was, wenn Mama auf der Straße hinter der Kirche gestorben wäre! Nein, daran darf sie gar nicht denken. Plötzlich ist alles andere unwichtig – das Bild, das Wolfspipi, die Tätowierung und der Hahnenkamm. Eine Mama mit Hahnenkamm ist tausendmal besser als gar keine Mama!

»Ist ja gut«, sagt Papa. »Sie hat nur ein bisschen Nasenbluten.«

Kerstin weint so heftig, dass es sie schüttelt.

»Es war meine Schuld«, flüstert sie in Papas Pulli.

»Was sagst du da?«, schluchzt Mama. »Deine Schuld?«

Kerstin nickt.

»Wenn das mit dem Bild und dem Wolfspipi nicht gewesen wäre ... wärst du nicht so spät dran gewesen ...«

»Ich bin zu schnell gefahren«, sagt Mama mit Nachdruck. »Es ist allein meine Schuld, Kerstin, ganz allein meine!«

Kerstin sieht Mama an. Papa sieht Kerstin an.

»Wolfspipi?«, fragt er. »Warst du das? Bist du deswegen weggerannt?«

Jetzt fängt Kerstin wieder an zu weinen.

»Ich dachte, ihr lasst euch scheiden«, wimmert sie.

»Was?« Papa sieht verwirrt aus. »Scheiden? Wie kommst du denn auf so was?«

»Weil ihr euch die ganze Zeit streitet!«

»Das tun wir doch gar nicht!«, sagt Mama.

»Doch«, sagt Kerstin. »Über Wolfspipi und Mallorca und Schafsmist und so Sachen.«

Papa lacht.

»Na gut, wir streiten uns manchmal über unwichtige Dinge, das machen Erwachsene eben. Aber wir haben uns lieb. Und dich haben wir auch lieb. Wir wollen doch als Familie zusammenleben.«

Kerstin durchbohrt Mama mit ihrem Blick.

»Aber warum hast du dir dann ein K eintätowieren lassen?«

»Was?«

Mama guckt erstaunt.

»Sag schon«, meint Kerstin. »K wie Kenneth?«

»K wie Kenneth?«, fragt Mama verwirrt und nimmt das Handtuch vom Gesicht.

»Ja.«

Kerstin presst die Lippen zusammen und starrt Mama an.

»Warum hast du das gemacht, wenn du Papa wirklich lieb hast?«

In der Küche wird es still. Dann fängt Mama an zu lachen. Sie lacht und lacht, und die Tränen laufen ihr übers Gesicht. Papa muss auch lachen.

»Ach, mein geliebtes Kind.« Mama lacht noch lauter.

Sie steht auf, nimmt Kerstin auf den Schoß und drückt sie.

»Geliebtes Kind«, murmelt sie mit ih–
rer weichsten Stimme in Kerstins
Haar. »Wie kommst du denn
bloß darauf, dass ein K in
einem Herz auf meinem
Arm Kenneth bedeuten
könnte? In meinem
Herzen bist doch du!
K wie Kerstin soll das
heißen!«

ICH WECKE DICH, FALLS DU EINSCHLÄFST

Und zack, ist über Nacht alles grün geworden. Die Birken sind grün, die Osterglocken gelb, und an den Apfelbäumen blühen Tausende von kleinen rosa Blüten. Die ganze Luft summt und zwitschert, man hat keine ruhige Minute mehr. Es ist Mai. Mamas Hahnenkamm wird von Tag zu Tag länger, und die Wunde an ihrer Nase ist kaum noch zu sehen. Die Familie hat ein neues weißes Auto, und Kerstin hat eine neue Hose. In der Schule ist alles wie immer, Mathe macht Spaß, und Kenneth scheint nicht traurig zu sein, dass Mama nicht in ihn verliebt ist, sondern in Papa. Er ist ja auch schon verheiratet, hat er neulich erzählt – mit einem Mann, der auch Kenneth heißt. Bestimmt haben sie sich im Kenneth-Club kennengelernt.

Kerstin und Gunnar gehen von der Schule nach Hause. Es ist Freitag. Die Sonne scheint, und die Wolken sehen aus wie

Kaninchen. Heute wollen sie bei Kerstin spielen, weil Papa Zimtschnecken gebacken hat.

»Dein Papa backt Zimtschnecken«, seufzt Gunnar. »Meine Mama backt nur Wildschweine.«

Kerstin lacht.

»Vielleicht verdient sie mit der Ausstellung ganz viel Geld, und ihr könnt wirklich nach Neuseeland fahren!«

Gunnar gähnt.

»Ich würde gerne mal ein Wildschwein sehen«, sagt er. »Sonst glaube ich nicht, dass es sie wirklich gibt.«

»Du kannst ja mal meine Mama fragen«, erwidert Kerstin. »Nasenbluten und ein zerquetschtes Auto kommen bestimmt nicht von einem Zusammenstoß mit etwas, das es nicht wirklich gibt.«

Gunnar denkt nach.

»Trotzdem.« Er gähnt noch einmal. »Ich will selbst eins sehen. Mit meinen eigenen Augen!«

Gunnar erzählt, dass er seit einer Woche bis nachts um elf am Fenster sitzt und zum Waldrand schaut. Die Wildschweine haben sich aus dem Dorf zurückgezogen, wühlen aber nachts im Schlamm auf der Himbeer-Lichtung.

»Heute Nacht gehe ich in den Wald«, entscheidet er. »Und wenn es sein muss, bleibe ich bis zum nächsten Morgen auf dem Hochsitz.«

»Ich komme mit«, sagt Kerstin. »Ich will auch ein Wildschwein sehen.«

Gegen sieben packen sich Kerstin und Gunnar in der Küche etwas zu essen ein. Sie stecken frisch gebackene Zimtschnecken in eine Tüte und nehmen eine Flasche Wasser mit Himbeersirup mit. Dann stopfen sie eine Wolldecke und zwei Taschenlampen in einen Rucksack. Es ist jetzt sehr lange hell, aber vielleicht sind sie nicht vor Mitternacht zu Hause.

»Wo wollt ihr hin?«, ruft Papa aus dem Wohnzimmer.

»Nur zu Gunnar.« Kerstin grinst Gunnar verschwörerisch an. Dann schleichen sie sich hinaus. Sie gehen auf dem Spazierweg zum Wald. An der Himbeer-Lichtung tritt Gunnar in einen Haufen Kacke.

»Könnte das Wildschweinkacke sein?«, fragt Kerstin hoffnungsvoll.

»Möglich.« Nachdenklich betrachtet Gunnar seine Schuhsohle. »Es könnte aber auch Werwolfkacke sein, noch haben wir keine Beweise.«

»Was, wenn es die Kacke Gottes ist?«, fragt Kerstin. »Das wissen wir nicht.«

Sie lachen, bis Gunnar rückwärts über einen Stock stolpert.

Dann stapfen sie zum Hochsitz und steigen hinauf. Gunnar hält Ausschau nach Wildschweinen.

»So früh kommen sie wahrscheinlich nicht«, sagt Kerstin. »Wir müssen warten.«

»Wenn sie nach acht kommen, schlafe ich ein.« Gunnar gähnt. »Ich bin wahnsinnig müde.«

Kerstin packt die Wolldecke aus, sie setzen sich drauf und breiten ihren Proviant aus. Es ist herrlich, auf einem Hochsitz Zimtschnecken zu essen. Sie sehen die ganze Zeit zur Lichtung hinüber, aber heute Abend kommen nicht viele Tiere. Kerstin sieht in der Ferne einen Hasen vorüberhoppeln, und Gunnar sieht auf einem Ast ein Eichhörnchen sitzen, das Tannenzapfen schält. Vögel sehen sie auch, viele sogar.

»Wie spät es wohl ist?« Gähnend legt Gunnar den Kopf auf Kerstins Oberschenkel.

»Acht ist es wahrscheinlich noch nicht«, sagt Kerstin. »Aber bald.«

»Ich will ein Wildschwein sehen!«, sagt Gunnar mit Nachdruck und schließt die Augen.

Kerstin lacht.

»Falls du einschläfst, wecke ich dich, wenn sie kommen.«

»Versprochen?«

Kerstin nickt.

»Versprochen.«

Gunnar schließt die Augen und tut, als würde er schnarchen, aber nachdem er das dreimal gemacht hat, wird es still.

»Gunnar?«, flüstert Kerstin.

Sie bekommt keine Antwort. Schläft er wirklich? Kerstin kitzelt ihn mit einem trockenen Birkenblatt an den Sommersprossen, aber er bewegt sich kein bisschen. Was soll sie denn jetzt machen? Soll sie allein hier sitzen und Ausschau halten? Hinter den Fichten geht die Sonne unter, aber der Himmel ist noch hell. In weiter Ferne leuchtet ein einsamer Stern. Sie hüllt sich in die Decke und spürt ein Kribbeln im ganzen Körper. Sind ihre Beine eingeschlafen? Oder ist das der Frühling? Kerstin holt Luft, bis ihre ganze Lunge voll davon ist. Es riecht nach Birke und Traubenkirsche. Die ganze Luft atmet Frühling. Gunnar atmet schwer auf ihrem Bein, und an seinem Ohr ist das Haar ein bisschen verfilzt. Sie hat ihn noch nie schlafen gesehen. Vielleicht träumt er. Kerstin wackelt mit dem einen Fuß, ja, der ist eingeschlafen. Kommen die denn nie, die Wildschweine? Sie schaut zum Waldrand hinüber, aber da lässt sich keins blicken. Es ist so still. Wie spät mag es sein? Sollte sie lieber nach Hause gehen? Das sollte sie ganz bestimmt, aber sie will nicht, sie will die ganze Nacht mit Gunnars Kopf auf dem Schoß hier sitzen. Sie streicht ihm über das Haar und sieht wieder zum Sonnenuntergang hinüber. Die Fichten zeichnen sich schwarz vom Himmel ab. Aber was ist das? Was schwebt da für ein Licht über die Baumspitzen? Ist das ein Flugzeug? Kerstin sieht dem Licht hinterher, es ist hell und blau und bewegt sich ganz merkwürdig vorwärts. Ist es ein Hubschrauber? Oder eine Sternschnuppe? Plötzlich kommt das Licht näher. Es dreht eine Runde über dem Acker. Ist das ein Ufo? Was, wenn es wirklich ein Ufo ist? Kerstins Herz hämmert. Das Licht fliegt wieder zurück zu den Fichten. Sie muss Gunnar wecken, sie muss es ihm zeigen!

»Gunnar.« Sie stupst ihn an. »Gunnar, wach auf!«

»Alles okay am Huflattich-Tag …«, murmelt Gunnar und dreht den Kopf.

»Was?«, fragt Kerstin. »Wovon redest du?«

Kerstin schüttelt Gunnar, aber er wird nicht wach. Sie sieht zum Licht, das unterhalb der Überlandleitung verharrt. Was, wenn Alma Fröhlich doch recht hatte! Plötzlich bekommt Kerstin Angst. Was passiert als Nächstes? Wird sie jetzt auch verrückt? Das will sie auf keinen Fall! Aber wird ihr jemand glauben, wenn sie erzählt, dass sie auf der Himbeer-Lichtung ein Ufo gesehen hat? Kenneth? Ihre Klasse? Die Leute im Dorf? Würden Mama und Papa ihr glauben? Vermutlich nicht. Aber was ist mit Gunnar?

Kerstin sieht Gunnar an. Mit leicht geöffnetem Mund schläft er auf ihrem Schoß. Ja, denkt sie, vielleicht erzählt sie Gunnar davon, wenn er aufwacht.

Die Autorin

Helena Hedlund, geboren 1978, ist eine schwedische Schauspielerin und Dramatikerin. Sie steht vor allem in Theaterstücken für Kinder auf der Bühne und schreibt auch besonders gerne für die junge Zielgruppe. Helena Hedlund lebt mit ihrer Familie, einer Katze und einigen Hühnern auf dem Land in der Nähe von Örebro.

Die Illustratorin

Katarina Strömgård wurde 1971 in Uppsala geboren. Dank ihrer Mutter, die sie immer mit Stiften und Papier versorgte, zeichnete sie schon, als sie noch ganz klein war. Heute arbeitet sie als Illustratorin – hauptsächlich für Kinderbücher, aber auch für Zeitungen und Magazine. Sie lebt mit ihrer Familie in Stockholm.

Die Übersetzerin

Katrin Frey, geboren 1972, hat drei Kinder und lebt mit ihrer Familie in Schleswig und Berlin. 2002 hat sie das Berliner Übersetzerstipendium und 2009 ein Aufenthaltsstipendium für das *Baltic Centre for Writers and Translators* in Visby bekommen. Sie ist seit 2011 in der Jungen Weltlesebühne aktiv und führt regelmäßig Lesungen in Berliner Schulen und Bibliotheken durch.

Ein goldglänzendes Abenteuer

Helena Hedlund
Kerstin ist goldrichtig
Aus dem Schwedischen von Katrin Frey
Gebunden | 208 Seiten
€ 15,00 [D] | € 15,50 [A]
ISBN 978-3-96177-086-1

Kerstin ist sieben Jahre alt, und ihre Lieblingsfarbe ist Gold. In einem geheimen Kästchen unter ihrem Bett sammelt sie alles, was golden glänzt, zum Beispiel Bonbonpapier. Aber das Beste und Goldenste an Kerstin sind ihre Haare. Ihre Freundin Fatima sagt, die Haare wären orange, dabei stimmt das gar nicht. Kerstins neuestes Fundstück ist ein wunderschöner goldener Ring, der in der Schule auf dem Boden lag. Doch als die Lehrerin fragt, ob jemand ihren Ring gesehen hat, kommt kein einziger Ton über Kerstins Lippen. Und dann ist es zu spät, um die Wahrheit zu sagen …

Willkommen im witzigsten Kunstmuseum der Welt!

Thaïs Vanderheyden
Große Kunst für kleine Kenner
Aus dem Niederländischen von Kristina Kreuzer
Gebunden | 56 Seiten
€ 20,00 [D] | € 20,60 [A]
ISBN 978-3-96177-099-1

Museen sind langweilig und Klassiker der Kunstgeschichte nur für Erwachsene interessant? Von wegen! Dieses Buch nimmt dich mit auf eine spannende Reise durch die Kunst – von Leonardo da Vinci bis Andy Warhol. Erfahre mehr über verrückte Maler, geheimnisvolle Diebstähle, unglaubliche Erfindungen und vieles mehr!